BASTEI
LÜBBE

Von Ephraim Kishon sind als Bastei Lübbe Taschenbücher erschienen:

12016 Kishon für alle Fälle
12032 Kishon der Steuerzahler
12265 Der Fuchs im Hühnerstall
12299 Drehn Sie sich um, Frau Lot!
12331 Mein Freund Jossele und andere Satiren
12432 Der seekranke Walfisch
12452 Nichts zu lachen
12466 Wie unfair, David!
12554 Ein Apfel ist an allem schuld
12742 Total verkabelt
12786 Paradies neu zu vermieten
12824 Kishons beste Reisegeschichten
12877 Es war die Lerche
12936 Kishon für Kenner – ABC der Heiterkeit
12957 In Sachen Kain und Abel
14248 Mein Kamm
14324 Beste Tiergeschichten
14350 Beste Familiengeschichten
14474 Beste Autofahrergeschichten
14536 … und was machen wir am Nachmittag?
14623 Auch die Waschmaschine ist nur ein Mensch

Von Sarah Kishon ist als Bastei Lübbe Taschenbuch erschienen:

14389 Mein geliebter Lügner

Ephraim
KISHON

... und die beste Ehefrau von allen

Ein literarisches Denkmal für eine der meistzitierten Ehefrauen der Welt

Ins Deutsche übertragen von Gerhard Bronner und Friedrich Torberg

BASTEI LÜBBE

BASTEI LÜBBE TASCHENBUCH
Band 14 628

1. Auflage: November 2001

Vollständige Taschenbuchausgabe

Bastei Lübbe Taschenbücher ist ein Imprint
der Verlagsgruppe Lübbe

Taschenbuchlizenzausgabe:
Verlagsgruppe Lübbe GmbH & Co. KG,
Bergisch Gladbach
Umschlaggestaltung: Rudolf Angerer
Satz: KCS GmbH, Buchholz/Hamburg
Druck und Verarbeitung: Ebner Ulm
Printed in Germany
ISBN: 3-404-14628-X

1

Was kann ein Mann schon über eine Frau schreiben, die erstens seine eigene und zweitens völlig in Ordnung ist?

Leo Tolstoi hat's da leicht gehabt. Er konnte zwei dicke Bände über Anna Karenina voll schreiben, denn diese Dame versorgte ihn mit allem nötigen Material. Und als die Handlung des Romans nicht mehr weiterging, warf sie sich in lobenswerter Hilfsbereitschaft unter die Räder einer heranbrausenden Lokomotive. Wer kann schon mit so etwas konkurrieren? Oder nehmen wir jene lebenslustige Madame Bovary, die mit wachsender Begeisterung über 285 eng beschriebene Dünndruckseiten hinweg ständig ihre Liebhaber wechselte. Das sind literarische Vorlagen! Aber was um Gottes willen schreibt man über seine eigene Lebensgefährtin, die weithin als die beste Ehefrau von allen bekannt ist?

Die Idee, meine berühmte bessere Ehehälfte zwischen zwei Buchdeckel zu pressen, kam mir seltsamerweise auf dem Züricher Flughafen. Ich stand gerade neben jenem Perpetuum mobile, das die Gepäckstücke der Passagiere im Kreis zu drehen pflegt, und unterhielt mich

mit einer neben mir stehenden Dame in den zweitbesten Jahren. Da stürzte ein intelligent aussehender junger Mann auf uns zu, in der Hand ein offenes Notizbuch. Er bat um ein Autogramm der besten Ehefrau von allen. Ich klärte ihn über sein Missverständnis auf. Von meiner Erklärung offensichtlich enttäuscht, wandte sich der Autogrammjäger ab und schritt von dannen. »Hallo«, rief ich ihm nach, »ich bin doch da, der Gatte, der sie geschrieben hat!« Darauf drehte sich der junge Idiot auf dem Absatz um: »Sie? Von Ihnen gibt's ohnehin schon Unmengen von Autogrammen!«

So kam ich drauf, dass ich das Schicksal jenes Zauberlehrlings von Goethe teile, der so viel über seinen Besen schrieb, dass der letzten Endes viel populärer wurde als er selbst. Schließlich kam es so weit, dass der Lehrling in der sintflutartigen Verehrerpost seines eigenen Besens beinahe ertrunken wäre. Es ist die alte Geschichte von Frau Golem, die sich gegen ihren Schöpfer kehrte.

Die beste Ehefrau von allen bekommt tatsächlich Waschkörbe von Leserbriefen, in denen ihr ein langes Leben gewünscht wird – sowie mehr Glück bei der Auswahl ihrer nächsten Ehegatten.

Einige sowohl zornige als auch weibliche Leser fragten sie, warum sie sich von mir für so genannte humoristische Glossen missbrauchen lässt.

Ein Spielzeugfabrikant machte sich allen Ernstes erbötig, eine Puppe mit ihren Gesichtszügen zu produzieren, und erst kürzlich wollte eine angesehene Wochenzeitschrift eine literarische Würdigung meiner gesammelten Werke veröffentlichen, unter der Bedingung,

dass meine Frau ihrem Reporter ein Interview gewährt. Oho, sagte ich mir, das ist der klassische Fall eines Mannes, der von seinem gesetzlich angetrauten Besen geprügelt wird.

Wenn also so viele Leute darauf aus sind, das Mysterium der besten Ehefrau von allen zu enthüllen, warum sollte ich eigentlich meine Position als ihr langfristiger Ehemann nicht dahingehend ausnützen? Wenn ich richtig informiert bin, wurden auch die Nacktfotos der »schönsten Ehefrau von allen«, Bo Derek, von ihrem eigenen Gatten geknipst. Wer kennt meine Frau besser als der Schreiber dieser Zeilen, der schließlich jene grandiosen Geschichten über seine Frau seit einem Vierteljahrhundert an ihren Haaren herbeigezogen hat?

»Existiert sie überhaupt?«, erkundigte sich kürzlich misstrauisch eine Matrone irgendwo in Europa. Ich fragte, was sie für einen Grund hätte, an der Existenz der besten Ehefrau von allen zu zweifeln, worauf sie mir folgenden Gedankenbrocken in den Weg legte:

»Wenn es diese Frau wirklich gäbe, hätte sie schon längst eine Ehrenbeleidigungsklage gegen Sie eingereicht.«

Was die Matrone im Herzen Europas offensichtlich nicht in Erwähnung zog, ist die Tatsache, dass meine Frau und ich im Orient leben. In dieser Gegend sind die Männer öfter als man glaubt mit vier kräftigen, arbeitsamen Frauen verheiratet. Der handelsübliche Orientale ist bekanntlich der wahre Herr der Schöpfung und hat legitime, historisch verbriefte Rechte, auf die er pochen kann. Zum Beispiel das altehrwürdige und

durchaus angemessene Gesetz des Ostens, welches besagt, dass ein Weib, das ihrem Mann, nun ja, nicht in absoluter Treue ergeben ist, jederzeit auf dem Marktplatz gesteinigt werden kann. Oder wenn sie einen guten Anwalt hat, zumindest von Haus und Herd vertrieben wird. Wohingegen wir Gatten, falls uns die Monogamie zu monoton erscheint (das ist natürlich nur ein hypothetisches Beispiel), ärgstenfalls einem minderen Kavaliersdelikt frönen, welches keine rechtlichen Folgen hat. Wir Männer fühlen uns daher sehr wohl im Orient. Es steht ja auch ausdrücklich im Koran: »So wisse und beherzige denn, dass jeder Mann über sein Weib schreiben möge, wie und wo ihm der Sinn steht, sie aber möge hingehen und den Mund halten.«

Woraus klar ersichtlich ist, dass das Copyright der besten Ehefrau von allen mein uneingeschränktes Eigentum ist.

Was ihr Äußeres betrifft, so besteht eine tatsächliche Ähnlichkeit zwischen ihr und jenem weiblichen Wesen, das ständig in meinen Büchern auftaucht. Sie ist auch im Leben eher rundlich und attraktiv, hat ebenso wie ihre beiden Kinder einen feurigen Rotschopf und ist das, was man in ihrer Heimat eine Sabre nennt. Ihr Leben ist eine einzige Erfolgsstory, besonders seit sie mich vor etwa 22 Jahren geheiratet hat. Sie begann schon im zarten Alter von fünfzehn Jahren, sich auf diese Traumehe vorzubereiten, indem sie Klavierunterricht nahm, und zwar in den versnobtesten Musikschulen von New York und Philadelphia. Dies tat sie ausschließlich zu dem Zweck,

mein kurzes und kärgliches Junggesellentum ein für alle Mal zu beenden.

Es geschah eines Tages, dass die beste Freundin von allen sich an einen Flügel setzte, um sich mit ihren zarten Händen den dornigen Weg durch eine Chopin-Polonaise zu ertasten. Sie war dabei so erfolgreich, dass ich stehenden Fußes um eine der beiden Hände bat. Sie hauchte das übliche errötende Ja, und knapp zehn Minuten nach der Hochzeitszeremonie legte sie den Flügel auf Eis und begann zu malen. Ihr Ziel war schließlich erreicht. Doch von Zeit zu Zeit empfindet sie ob dieses Verrats an der Musik die Nadelstiche eines schlechten Gewissens. Darauf setzt sie sich ans Klavier und widmet oben erwähntem polnischen Heiratsvermittler ein zehnminütiges Entschuldigungskonzert. Es ist dies vermutlich die kürzeste und gleichzeitig lärmendste Dokumentation eines schlechten Gewissens im gesamten Vorderen Orient.

Was ihre Malerei betrifft, so steht sie auch hier über den Dingen. Das heißt, dass sie einen Pinsel nicht von einem Eispickel unterscheiden kann (woher soll sie schließlich malen können?), aber sie ist ungemein tüchtig, meine Beste. Sie hat schon früh im Leben erkannt, dass die einfachste Methode, zu gut gemalten Bildern zu gelangen, folgende ist: Man lasse sie von anderen malen. Die Folge davon: Die beste Ehefrau von allen ist seit zehn Jahren stolze Besitzerin der »Sarah-Kishon-Kunstgalerie«.

Woraus klar zu entnehmen ist, dass die kunstverständigste Ehefrau von allen eigentlich Sarah heißt. Es steht

zu erwarten, dass die Enthüllung dieses bis dato wohl gehüteten Geheimnisses die Sensation des vorliegenden Buches sein wird.

Nachdem mein Entschluss feststand, die beste Ehefrau von allen auch für kommende Generationen zu verewigen, beschloss ich, das Rohmaterial hierfür aus unserer alltäglichen Realität zu schöpfen. Es soll den interessierten Verehrern der Obenerwähnten die Möglichkeit geboten werden, zu erfahren, wie wir gemeinsam in ein und demselben Haushalt leben, und warum.

Eines grauen Arbeitstages stand ich also auf und schrieb alles nieder, was wir während einer 24-stündigen Zeitspanne unseres Ehelebens taten. Sie als pianistische Galerie-Hausfrau und ich als rigoros verheirateter Federfuchser.

Das Folgende ist die getreue Beschreibung eines durchschnittlichen Wochentages, wie er in seiner beglückenden Friedfertigkeit so typisch ist für unser trautes Heim.

»Solltest du die Kinder in die Schule bringen«, eröffnete die beste Ehefrau von allen unsere Betriebssitzung am Frühstückstisch, »dann hol mir auch sechs Flaschen Milch. Der Milchmann ist auf Weltreise.«

»Ich kann überhaupt nichts holen«, lautete mein Gegenangebot. »Heute Vormittag muss ich die Rechnung bezahlen.«

»Welche Rechnung?«

»Keine Ahnung.«

Seit zwei Monaten lag irgendein blauer Zettel auf der

Küchenvitrine herum, vermutlich von der Stadtverwaltung, denn er enthielt die Worte »Zahlungsrückstand« und »Müllabfuhr«. Vor einigen Wochen versuchte ich ihn zu lesen, aber als ich zu der Stelle kam, wo die Ziffern vierstellig wurden, regte ich mich so auf, dass ich den blauen Zettel sofort in der Tiefkühltruhe deponierte. Dort landete er neben einem orangefarbenen Schriftstück, auf dem als Überschrift zu lesen war: »Straßenbelag-Zuschlag«.

»Was kann ›Straßenbelag‹ heißen?«, fragte ich die beste Ehefrau von allen. »Seit wann werden Straßen belegt?«

»Woher soll ich das wissen?«

»War das nicht die Geschichte, für die wir im vorigen Winter diese städtischen Wechsel unterzeichnen mussten?«

»Nein, damals ging's um die Kanalisation.«

»Also was kann das hier sein?«

»Keine Ahnung.«

Sie kam mir irgendwie rastlos vor, die beste Ehefrau von allen. Tags zuvor hatte sie das Keuchhusten-Attest unserer Tochter Renana mit der Gebrauchsanweisung für die neue italienische Nudelmaschine verwechselt und konnte daher kein Gas besorgen, was zur Folge hatte, dass wir den ganzen Tag nichts Warmes zu essen hatten, und seither hustet auch die Nudelmaschine.

»Straßenbelag«, grübelte ich vor mich hin, »das muss irgendetwas mit Straßen zu tun haben. Vielleicht hat man sogar eine Straße gebaut, ohne dass wir es gemerkt haben.«

»Unsinn«, entgegnete meine Allerbeste, »mein Instinkt sagt mir, dass es etwas mit der Wasserrechnung zu tun hat. Sie fangen schon wieder damit an.«

Wasser ist eines unserer Existenzprobleme. Für die Monate April und Mai bekamen wir eine Wasserrechnung in Höhe von 111 630 Pfund. Ich teilte den Leuten in einem geharnischten Brief mit, dass sie uns wohl mit dem Städtischen Freibad verwechselt hätten und ich nicht bereit wäre für einen Amok laufenden Computer die Kastanien aus dem Wasser zu holen. Ich erhielt auch postwendend eine grellgelbe Antwort: »Letzte Mahnung, ehe das Wasser gesperrt wird.«

Anschließend wurde ich für 26 Tage zum Reservedienst eingezogen. Das mag der Grund dafür sein, dass wir die Sache ein wenig verschlampt haben. Als ich wieder daheim war, fand ich einen weiteren Zettel in der Küche, der besagte, dass es uns bei strengster Strafe verboten sei, einen Wasserhahn aufzudrehen. Dieser Zettel war übrigens rosa.

Selbstverständlich legte ich Berufung ein. Das Ergebnis war ein grasgrüner Zettel, der besagte: »Achtung! Der Inspektor ist bereits unterwegs!« Damit sollte uns deutlich gemacht werden, dass der Inspektor bereits sein Büro verlassen hatte, um uns das Wasser abzudrehen. Er kam niemals an. Seither lässt man uns in Ruhe. Nur einmal hörten wir wieder von den Leuten, als sie uns sechzehn Pfund und zwei Piaster zurückerstatteten. In Hellbraun.

Jetzt meldeten sie sich wieder, und zwar auf dem Umweg über den Straßenbelag.

»Bring das in Ordnung«, sagte die beste Ehefrau von allen. »Sprich mit diesem mageren Kassierer, dessen Namen du dir nicht merken kannst. Und wenn du schon dabei bist, kümmere dich auch um die Sozialversicherung.«

Ich erbleichte.

»Tu mir das nicht an! Alles, nur nicht die Sozialversicherung. Ich weiß nicht einmal, was das ist.«

»Ich auch nicht.«

Schon seit Wochen waren wir bemüht das Problem zu lösen. Die Sozialversicherung hatte uns fünf Formulare ins Haus geschickt, weil wir leichtsinnig genug gewesen waren, eine Putzfrau einzustellen. Es ging um 7,1 Prozent Altersversorgung, 0,7 Prozent Arbeitsunfallversicherung sowie 1,8 Prozent für Kinder und andere Unselbstständige. Mindestens zweimal versuchten wir diese Formulare auszufüllen. Beim zweiten Anlauf hatten wir gerade die erste Hälfte geschafft, da ging die Putzfrau in die Flitterwochen oder sonst wohin, und wir sagten uns, dass wir auch nach ihrer Rückkehr weitermachen könnten. Wir hofften, dass sie nie wiederkäme.

»Ich glaube«, sagte die beste Ehefrau von allen, »man kann auch ohne Putzfrau auskommen. Es ist weniger anstrengend.«

Vorgestern hätten wir gepfändet werden sollen. Es erschien ein verschreckter Greis mit einem schwarzen Aktenkoffer, der ständig mit den Augen zwinkerte. Meine Frau versprach ihm stehenden Fußes hinzugehen, um die Sache in Ordnung zu bringen. Dann aber ging sie doch nicht hin. Vor allem deshalb, weil der

Zwinkerer vergessen hatte, ihr zu sagen, woher er überhaupt kam.

Der Plattenspieler im Wohnzimmer begann wieder einmal zu streiken. Er spielte zwar noch, aber nur ganz langsam. Also brachte ich ihn zum Radiofachmann, der gerade eine Regatta segelte. Seine Frau sagte mir: »Er kommt Ende der Woche zurück, wenn er nicht wieder ertrinkt.«

Während sie mir das erzählte, bekam ich wegen falschen Parkens ein Strafmandat, gegen das ich keinen Protest einlegen konnte, weil ich es zusammen mit meinem Personalausweis verlor. Es war ein gewöhnlicher Alltag, wie gesagt.

Bei meiner Rückkehr fragte ich die beste Ehefrau von allen: »Wo sind die Zeitungen?«

»Ich habe dir doch gesagt, dass der Zeitungsjunge Migräne hat und erst am Ende der Woche wieder kommen kann. Du musst dir deine Zeitungen schon selber holen.«

Ich holte mir lieber ein Glas Wasser. Die Leitung war noch nicht abgesperrt, wenigstens das nicht. Einige bunte Mahnungen flatterten von der Küchenvitrine. Wir sollten etwas gegen den Luftzug unternehmen, vielleicht den Balkon mit Glas verschalen. Aber wo, wenn überhaupt, bekommt man dafür ein Baugenehmigung?

Keine Ahnung.

Auch die Rundfunkgebühr sollten wir bezahlen und die Hausratversicherung, ganz zu schweigen von der Grundsteuer, sowie die Importbewilligungsgebühr für die Nudelmaschine, die wir dem Fiskus oder sonst wem

schuldeten. Es erschien sinnvoll, mir am Nachmittag ein Paar strapazierfähige Schuhe anzuschaffen.

»Hast du etwas Geld?«, fragte die beste Ehefrau von allen. »Ich muss die Fernsehantenne bezahlen.«

Vorgestern hat sie der Wind vom Dach geweht.

»Ich habe nicht einen Groschen«, teilte ich ihr mit. »Du wirst zur Bank gehen müssen. Wenn du schon in der Stadt bist, bring ein paar Patronen für den Siphon mit.«

»Geh lieber du. Ich muss Krach schlagen wegen dem Geschirrspüler.«

Irgendwo im Haus haben wir sicher die Garantiekarte. Da gibt es gar keinen Zweifel. Nur, wo sie ist, wissen wir nicht. Wir bestellten einen Mechaniker, während wir die Rechnung suchten, aber er lässt sich gerade scheiden und kann erst im Juni nach der Hochzeit kommen.

Auch die Hypothek auf unser Haus wäre fällig. Wir fragten bei der Bank, wann wir das Geld für die Zwangsanleihe aus dem Jahr 1966 zurückbekamen, aber sie hatten keine Ahnung. Möglicherweise, sagten sie, zu Ostern oder übernächstes Jahr oder vielleicht am 2. Februar 1995.

Da wären noch die Bücher, die wir in die Bibliothek zurückbringen sollten. Wir kamen nicht einmal dazu, einen Blick hineinzuwerfen. Irgendwie hat man viel zu wenig Zeit zum Lesen. Sie haben uns schon die dritte Mahnung geschickt, diesmal in Rot.

Um die Mittagszeit bringe ich das Pipi meines Sohnes ins Labor, auf dem Rückweg lasse ich den Wagen für

eine gründliche Motorwäsche in der Werkstatt und kaufe Batterien für den Transistor sowie eine Melone. Und einen gebrauchten Rasenmäher.

Noch was für heute?

»Ephraim«, sagte die beste Ehefrau von allen, »sollten wir nicht irgendetwas gegen die Inflation tun?«

»Gern, aber was?«

Ich hatte keine Ahnung.

»Eigentlich wollte ich unsere Pässe erneuern lassen«, informierte ich meine Gattin, »dann hatte ich vor, bei der Heeresverwaltung um eine Freistellung anzusuchen. Auch gegen Cholera muss ich mich noch impfen lassen. Leider schließt das Gesundheitsamt um elf und ist nur an ungeraden Tagen geöffnet. An geraden Tagen haben sie Malaria.«

»Das hat Zeit«, meinte die Beste. »Auf dem Rückweg mach einen Sprung in die Wäscherei. Du trägst seit zwei Wochen das gleiche Hemd.«

»Ich weiß«, sagte ich. »Aber wer bringt die Katze zum Tierarzt?«

»Welche Katze?«

Sie hat Recht. Wir haben gar keine Katze. Ich war ein bisschen durcheinander. Ich eilte zum Telefon und wollte die Feuerwehr anrufen, aber schon nach der ersten Zahl war die Nummer blockiert. Also setzte ich mich auf den Fußboden und aß den rosa Zettel. Den mit dem Straßenbelag.

»Was sitzt du da herum?«, fragte die beste Ehefrau von allen. »Wir haben wieder eine Regierungskrise. Mach die Nachrichten an.«

»Unmöglich. Das Radio ist zusammengebrochen«, sagte ich. »Ich übrigens auch.«

»Wovon?«

»Keine Ahnung.«

Seither sitze ich am Küchenboden und kaue farbige Zettel. Die blauen sind noch immer die geschmackvollsten.

Besonders wenn sie frisch sind.

Aus dem vorhergegangenen Tagesbericht lässt sich mühelos ableiten, dass der Schreiber dieser Zeilen einen wesentlichen Teil der Haushaltspflichten auf sich nimmt. Vorausgesetzt, dass er daheim ist und nicht im Ausland. Das ist wahrscheinlich einer der Gründe, warum ich Weltreisen so gern habe. Nicht, dass ich etwas gegen Männer im Haushalt hätte. Im Gegenteil, es gibt verschiedene Haushaltspflichten, die ich ehrlich mag, zum Beispiel einkaufen. Das war schon immer eines meiner geheimen Hobbys. Hin und wieder schlage ich meiner Frau am Frühstückstisch vor, dass sie aufs Finanzamt gehen soll, während ich den Kramladen an der Ecke aufsuche, um Vorräte einzukaufen. In der Regel akzeptiert sie mein Angebot; nicht etwa, weil sie an Steuerproblemen so interessiert ist, sondern weil sie auf dem Standpunkt steht, dass es Männersache ist, schwere Pakete nach Hause zu schleppen. Zugegeben, wenn ich einkaufen gehe, sind die Pakete besonders schwer. Ich bin einfach nicht in der Lage Viktualien, egal in welcher Form oder Farbe, zu widerstehen. Speziell, wenn diese Viktualien Form und Farbe von Salami annehmen. Die

meisten Ladenbesitzer erkennen meine Schwäche im Handumdrehen und nützen sie in der schamlosesten Weise aus.

Vor einigen Jahren gab es gegenüber von uns ein Delikatessengeschäft. Als ich dort zum ersten Mal einkaufen ging, ersuchte ich Joseph um 100 Gramm Mortadella.

»Gern, mein Herr«, sagte Joseph höflich, »150 Gramm Mortadella.«

Bevor ich noch gegen diese willkürliche Ausweitung meines Kaufgesuchs protestieren konnte, hatte er schon eine massive Portion der würzigen Kostbarkeit auf der Waage:

»Ein kleines bisschen über 200 Gramm. In Ordnung?«

»In Ordnung.«

»Genau genommen sind es 320 Gramm«, erklärte Joseph. »Was dagegen, wenn ich 400 Gramm abwiege? Nein? Hab ich mir doch gleich gedacht. Wenn Sie sich bitte zur Kasse bemühen würden. Sie bezahlen genau ein halbes Kilo Mortadella.«

Nach sechs Monaten dieser Geschäftsbeziehung erreichten unsere Verkaufsgespräche einen Grad außerordentlicher Konzentration:

»Ich hätte gern 100 Gramm Limburger Käse«, teilte ich Joseph mit, worauf dieser den ganzen Block auf die Waage warf und mich fragte:

»Könnten es eineinhalb Kilo sein?«

Mit der Zeit haben Joseph und seine Brüder ihr Geschäft aufgegeben, oder besser gesagt, sie wurden von einem Riesensupermarkt verschlungen. Ich persönlich

bin kein Freund von Supermärkten, vor allem deshalb, weil ich mir da drinnen immer vorkomme, als würde ich einen Kinderwagen schieben, eine Tätigkeit, die nicht unbedingt meiner Lebensphilosophie entspricht. Wir waren daher überglücklich, ich und die übrigen Ehemänner unserer Nachbarschaft, als der alte Petschik auf einem Ruinengelände hinter dem Supermarkt ein kleines Lebensmittelgeschäft eröffnete, um für die spärlichen Individualisten der Gegend eine Alternative zu bieten. Petschik und sein Kramladen haben sich über Nacht zum Lieblingsaufenthalt der vereinigten Ehemänner unseres Wohnblocks entwickelt.

Ich möchte nun ein aufwühlendes Erlebnis schildern, das mir bei Petschik zuteil wurde. Die beste Ehefrau von allen tritt zwar in diesem Ensemble nicht auf, aber ein Ehemann sollte doch auf gewisse Rechte in seinem eigenen Buch pochen dürfen. Abgesehen davon, gäbe es mich nicht, hätte sie selber zu Petschik gehen müssen.

Die folgende Geschichte kann also als eine Art von Umwelterforschung betrachtet werden, aber auch als Nebenerscheinung der Frauenemanzipation, oder beides oder keins von beidem oder vice versa, oder was weiß ich.

Es ist müßig zu sagen, dass »Chez Petschik« ein eher ungemütliches Etablissement ist, mit etlichen wirr eingeräumten Regalen innen sowie einigen Körben Obst und Gemüse davor. Dass dieses Mini-Unternehmen in unserer modernen Zeit überleben kann, ist vermutlich der Tatsache zuzuschreiben, dass Männer das Schlangeste-

hen vor einer elektronischen Registrierkasse erniedrigend finden. Und bei Petschik gibt es keine Kasse, nur Petschik. Ein weiterer Vorteil gegenüber dem Supermarkt ist der absolute Mangel an Auswahl. Denn bei Petschik gibt es nur die allernötigsten Waren, und auch die nur am Wochenbeginn.

Der alte Petschik selbst ist Angehöriger eines aussterbenden Stammes: ein freundlicher Bulgare mit wenig Launen und vielen falschen Zähnen. Übrigens waren es die Zähne, die das Drama ins Rollen brachten.

Es war ein Morgen wie jeder andere. Herr Blum fischte eingelegte Gurken aus einer rostigen Blechdose, Dr. Shapiro, der Junggeselle, besprach mit Herrn Geiger, dem Wirrkopf, die Vor- und Nachteile diverser Waschpulver, und Frau Sowieso, als Repräsentantin des schwachen Geschlechts, vertiefte sich gerade in eine Tomatenkiste.

Da erschien der Fremde. Ein hoch gewachsener, bebrillter Mensch mit einer rabenschwarzen Aktenmappe unterm Arm. Wir Stammkunden tauschten irritierte Blicke. Was will der hier, fragten wir uns, warum geht er nicht in den Supermarkt?

Der Fremde steuerte direkt auf Petschik zu und kommandierte:

»200 Gramm Trüffelpastete und 150 Gramm geräucherten Truthahn.«

Uns vorschlug es die Rede. Wo glaubte der Mann denn zu sein, in einem Delikatessengeschäft?

»Hab ich nicht«, sagte der alte Petschik scheuen Blicks, »keine Paste … kein Truthahn …«

Der Fremde hob eine Augenbraue.

»Kein Truthahn? Also, was haben Sie stattdessen zu bieten? «

»Eine Zahnbürste … bulgarischen Schafkäse …«

Der alte Petschik hat, wie erwähnt, viele falsche Zähne. Sowohl zu ebener Erde als auch im ersten Stock. Diese Zähne erzeugen den ungewollten Eindruck, dass er ständig lacht. Auch wenn ihm gar nicht danach zumute ist. Es sind einfach die Zähne.

»Also gut«, sagte der Fremde, »dann geben Sie mir eine Schachtel Camembert.«

»Hab ich leider nicht … kein Kamberger …«, und wieder blitzten die großen falschen Zähne.

»Bier?«

»Nur Sodawasser.«

»Cola?«

»Nein.«

Der Fremde verlor die Beherrschung:

»Verdammt«, fluchte er, »was gibt's denn überhaupt in diesem Scheißladen?«

»Oliven«, murmelte der alte Petschik zitternd. »Petersilie …«

Seine ängstliche Verlegenheit förderte immer mehr lächelnde Zähne zutage. Der Fremde starrte ihn an.

»Sie!«, knarrte er. »Können Sie mir sagen, was da so komisch ist?«

»Petersilie …«

»Ich frage, was ist an Petersilie so komisch?«

»Der Name«, griff ich ein. »Finden Sie nicht auch, dass er einen merkwürdigen Klang hat? Pe-ter-si-li-e …«

Ich musste einfach in die Bresche springen. Der alte Petschik stand hilflos mit dem Rücken zum Heringsfass, seine Augen fixierten in stummem Schrecken den Fremden, der ihn mit seiner Brille und der schwarzen Aktenmappe zu bedrohen schien. Unter uns Petschik-Fans entstand plötzlich echte Solidarität. Jeder von uns war bereit dem Alten in seiner schweren Stunde beizustehen.

Der Eindringling wandte sich mir zu. Petschik seufzte erleichtert auf.

»Komisch?«, bellte der Fremde. »Was soll an Petersilie komisch sein?«

Sofort eilte mir Geiger zu Hilfe.

»Sogar der Anblick von Petersilie ist komisch«, behauptete er, »erinnert irgendwie an einen winzigen Regenschirm, den der Sturm umgedreht hat.«

Herr Blum brach in ein irres Gelächter aus und holte ein Bündel besagten Krautes aus seiner Einkaufstasche, um den Fall zu demonstrieren.

»Bei uns daheim wird über Petersilie immer sehr gelacht«, teilte er mit. »Sie hat so einen kitzelnden Geruch ...«

»Genau«, pflichtete Frau Sowieso bei, »Petersilie ist unheimlich amüsant.«

»Fürwahr«, nahm Shapiro das Stichwort auf, »der Ursprung des Wortes ist das altgriechische ›Petroselinon‹. Das bedeutet: ›einen Stein zum Lachen bringen‹.«

Der Fremde warf Shapiro einen zweifelnden Blick zu, aber offensichtlich konnte er nicht Griechisch.

»Wollen Sie uns weismachen«, schoss ich dazwischen,

»dass Sie den Epoche machenden Essay von Jones nie gelesen haben: ›Humor von Petersilie bis Peter Sellers‹?«

»Nein«, sagte der Fremde, sich an seine Aktenmappe klammernd, »ich glaube nicht …«

Es stellte sich heraus, dass er uns Profis wehrlos ausgeliefert war. Ich legte einen freundlichen Arm um seine Schultern und nahm ihn zur Seite, während sich der gesamte Petschik-Club um uns versammelte. Ich wage die Behauptung, dass es noch nie so viel Einigkeit unter Menschen gegeben hat – mit der möglichen Ausnahme von Präsident Sadat und Premier Begin.

»Im Mittelalter«, belehrte ich den Eindringling, »nannte man die Pflanze ›Kichergrün‹. Sie war eines der seltensten Gewächse der Welt. Die Monarchen Europas pflegten ein Bündel davon mit purem Gold aufzuwiegen.«

»Daher«, dozierte mein gelehrter Kollege Shapiro, »spricht man heute noch von ›petrifizieren‹, wenn man Werte für die Ewigkeit aufbewahren will.«

Der Fremde zerbröckelte vor unseren Augen.

»Ich«, stotterte er, »ich habe die einschlägige Literatur nicht gründlich durchgearbeitet …«

»Undenkbar«, rief ich, von kreativem Schaffensdrang beflügelt, »Sie müssen doch zumindest den populären Vers kennen: Frau Wirtin pflanzte eine Lilie, / doch was dann wuchs, war Petersilie. / Was konnte man da machen? / Die Wirtin samt Familie, / sie wälzte sich vor Lachen …«

»Natürlich«, Geiger trat wieder in Aktion, »kennen

Sie die klassische Anekdote, wie sich zwei Petersilien in der Eisenbahn treffen ...«

Der Fremde brach zusammen.

»Verzeihung«, murmelte er, »ich hab eine dringende Verabredung ...«

Er ergriff die Flucht.

Wir waren wieder allein mit Petschik und seinen missverstandenen Zähnen. Der Alte – Gott segne ihn – blickte verständnislos in die Runde. Er hatte nicht die leiseste Ahnung, worum es hier gegangen war.

»Weißt du was, Petschik«, sagte ich, »jetzt will *ich* schon so ein Bündel ›Kichergrün‹.«

Alle schüttelten sich vor Lachen. Frau Sowieso kamen sogar die Tränen. Die Wände wackelten, die Nachbarschaft wurde munter ...

Vielleicht ist wirklich etwas Wahres daran, dass Petersilie komisch ist.

Ich möchte hier ausdrücklich klarstellen, dass ich nicht der einzige Einkaufsnarr in der Familie bin. Die Leidenschaft einzukaufen hat auch die beste Ehefrau von allen befallen, sogar in noch gefährlicherem Maße als mich.

Wenn mich mein Gedächtnis nicht trügt (und warum sollte mein Gedächtnis ausgerechnet mich betrügen?), ist es noch nie der Fall gewesen, dass meine Frau bei Tageslicht das Haus verlassen hat, ohne einige Zeit später mit einem Paket zweifelhaften Inhalts zurückzukommen. Besonders anfällig ist sie für »Gelegenheitskäufe«. Sie ist bereit, ohne Widerrede alles zu erwerben, was ihr unter dem Motto »preisgünstig« angeboten wird. Egal,

ob es sich um einen gebrauchten Flugzeugmotor in erstklassigem Zustand oder eine vergoldete, wenig gebrauchte Sicherheitsnadel handelt. Völlig hilflos aber wird sie, wenn es um Ware geht, welcher das berauschende Flair der Gesetzesübertretung anhaftet.

Neulich kam die beste Ehefrau von allen beschwingt von einem Einkaufsbummel aus der Stadt nach Hause.

»Ephraim«, rief sie wohl gelaunt, »ich habe dir echte Rasierklingen gekauft.«

Nein, diese Überraschung!

Echte Rasierklingen, mmm ...

Die Ernüchterung kam erst nach einigen Stunden, als mir einfiel, dass ich einen elektrischen Rasierapparat benutze, und das schon seit Jahren. Wer also braucht Rasierklingen? Die Wahrheit kam bald zutage. Meine Herzensgute war durch die Dizengoffstraße geschlendert und dort mit einem neuen Symptom des privaten Unternehmertums konfrontiert worden. Es handelte sich um einen tragbaren Geschäftsladen in der Form eines offenen Koffers, der auf dem Bürgersteig lag.

»Schmuggelware«, ihre Stimme bebte vor allergrößter Erregung. »Ein Matrose verkauft diese Sachen unter der Hand.«

Ich fragte sie, was das für eine Hand sein könnte, unter der man im hellen Tageslicht auf einer Hauptstraße kommerziell tätig wird, aber sie sprach von der Spannung und von der Aufregung, die solche Transaktionen mit sich bringen.

Sie hatte natürlich noch einige Kleinigkeiten gekauft:

original koreanisches Rosenwasser mit Fichtennadelextrakt, eine Tafel israelischer Schokolade, die unter Lizenz in Singapur hergestellt wird, sowie einen Schlüsselring, der an einem kleinen Kompass befestigt war. Ich teilte ihr mit, dass Letzterer uns besonders nützlich sein könnte, wenn wir uns einmal in der Wüste Sahara verlaufen sollten. Ein Blick auf den Schlüsselkompass, und wir wüssten, in welcher Richtung das dazu passende Haus zu finden sei.

Die beste Ehefrau von allen weigerte sich einen ganzen halben Tag lang mit mir zu kommunizieren, dann aber wurde sie weich.

»Ich weiß natürlich, dass wir dieses Zeug nicht brauchen«, gestand sie, »aber ich konnte nicht widerstehen. Ich hab so eine Schwäche für Matrosen.«

Es stellte sich heraus, dass sie in der Zwischenzeit einen weiteren Einkaufsbummel absolviert hatte. Mit Stolz führte sie mir ihre neu erworbenen Vorräte für schwere Zeiten vor. Da waren zunächst einmal drei Familienflaschen eines malaysischen Haarfestigers, ein Dutzend Tuben mit echter Zahnpasta und ein Paar Pantoffeln, chinesische Handarbeit, die auf dem Umweg über Tibet in die Dizengoffstraße eingeschmuggelt worden waren.

»Diese Matrosen verlangen nicht nur exorbitante Preise«, wehklagte die beste Ehefrau von allen, »sie sind auch ausgesprochen impertinent. Keiner ist bereit Auskunft über die Herkunft der Ware zu geben. Am liebsten hätte ich die Polizei gerufen.«

Im Laufe des Nachmittags durchstöberte ich ihre

Handtasche, es war eine nagelneue aus Bambus, und stieß auf eine weitere Schmuggelbeute: ein echt versilbertes Feuerzeug aus Griechenland für mich. Ich bin Nichtraucher.

»Weib«, fauchte ich sie an, »noch ein Matrose, und ich beantrage getrennte Rechnungen!«

Die beste Ehefrau von allen senkte reuevoll den Blick und schien ein für alle Mal von ihrer Seekrankheit geheilt zu sein. Von Zeit zu Zeit pflegte ich aber doch eine kleine Stichprobe zu machen, und so fand ich eines Tages ein Stück indonesischer Lavendelseife, die zwischen ihrer Leibwäsche versteckt war, gemeinsam mit einem Tiegel Schönheitscreme, die verdächtig nach Ozean roch.

»Tut mir Leid«, sagte die beste Ehefrau von allen kleinlaut, »es war das letzte Mal.«

Und dann, eines finsteren Donnerstags, wurde sie rückfällig. Sie kam bleich nach Hause und ließ sich in den Sessel fallen.

»Ich muss übergeschnappt sein«, stöhnte sie. »Ich habe einen Affen gekauft.«

Sie konnte es selbst nicht begreifen. Während der letzten Tage hatte sie sich ausschließlich auf die nicht kommerzielle Seite der Dizengoffstraße beschränkt, um den ausgestreckten Fängen der Matrosen zu entgehen. Aber heute plötzlich war einer dieser Gauner mit seinem Seekoffer auf ihre Seite herübergekommen. In seinem Sortiment befand sich dieser süße kleine batteriebetriebene Affe, made in Hongkong, der eine Trommel schlug.

Schmuggelware natürlich.

H-i-l-f-e!

»Es tut mir Leid«, sagte meine Frau tränenüberströmt, »ich kann einem Matrosen nicht widerstehen.«

Ich nahm sie bei der Hand und schleifte sie schnurstracks zur Dizengoffstraße. Der Matrose war immer noch da, komplett mit Seekoffer und Schmuggelgut. Er kam mir irgendwie bekannt vor.

»Sagen Sie«, sprach ich ihn an, »sind Sie nicht der Kerl, dem diese kleine Parfümerie am Rothschildboulevard gehört?«

»Doch«, sagte er, »warum?«

Ich warf einen Blick auf meine seekranke Gattin und sah, wie ihr Duft der großen weiten Welt sich in Nichts verflüchtigte. Das indische Shampoo, welches sie bereits dem Seekoffer entnommen hatte, glitt zu Boden ...

»Dabei hat mir schon meine Mutter gesagt«, hauchte die Beste, »ich soll niemals einem Matrosen trauen.«

Daheim angekommen, entfernte sie mit gebrochenem Herzen die Batterie aus dem chinesischen Spielzeug. Wen interessiert schon ein normal verzollter, völlig legal trommelnder Affe?

2

Wie schon erwähnt, erblickte die beste Ehefrau von allen das Licht der Welt im altvorderen Orient. Mehr noch: Auch ihre Eltern und einige ihrer Großeltern stammen von hier. Das bedeutet in dieser Gegend, ein Angehöriger der wahren Aristokratie zu sein. Ich hingegen werde für alle Zeiten der ewige Neueinwanderer bleiben. Mit anderen Worten: ein Zugereister mit Wohnrecht. Sie ist die Lady – ich bin der Tramp. Sie la belle – und ich le bête, sie die Prinzessin – ich der Frosch.

Unsere unterschiedliche Herkunft führt selbstverständlich hin und wieder zu Reibereien. Vornehmlich, wenn es um solche Dinge geht wie Wohnkultur, Esskultur, Kultur, Gesellschaft, Kunst, Erziehung, Politik, Religion, Eheleben, das Leben im Allgemeinen und den undefinierbaren Geschmack von schwarzen Oliven. Über alle anderen Punkte sind wir uns mehr oder weniger einig. Vor allem, wenn es um unsere gemeinsame Zukunft geht. Was unsere unvereinbare Vergangenheit betrifft, so möchte ich mich lieber nicht in Einzelheiten verlieren. Wann immer ich sie zum Beispiel zu einem ihrer jährlichen Klassentreffen begleite, komme ich mir vor

wie von einem anderen Stern. Über diesen Krieg der Sterne habe ich bereits in einem meiner früheren Bücher eine höchst belehrende Abhandlung verfasst, und dies scheint mir eine willkommene Gelegenheit zu sein wieder einmal darauf zurückzugreifen.

Mein Verleger allerdings warnte mich mit jenem leicht hysterischen Brio in der Stimme, welches erfolgreiche von erfolglosen Verlegern zu unterscheiden pflegt, dass ich diesem neuen Buch unter keinen wie immer gearteten Umständen auch nur eine einzige alte Geschichte beifügen dürfe. Die Leute, so sagte er, wollen nur nagelneue Satiren aus meiner Feder fließen sehen, sonst schreiben sie ihm ordinäre Briefe und nennen ihn einen heruntergekommenen Altwarenhändler, obwohl er eher emporgekommen aussieht. Ich persönlich glaube nicht so fanatisch an die Meriten neuer Nägel. Im Laufe der Jahre habe ich auf jedes mögliche Thema, dem ich über den Weg lief, etliche Tropfen Honig wie auch Essig recht wahllos versprüht. Jetzt, bei Durchsicht meiner vielen Bücher, glaube ich berechtigt zu sein, einige meiner liebsten Geschichten, die demselben Thema gewidmet sind, unter einem Dach zusammenzuführen.

Der Disput zwischen mir und meinem geliebten Verleger war turbulent und kompromisslos und endete, so wie alles im Leben, mit einem Kompromiss. Ich erhielt die Erlaubnis, insgesamt sieben »klassische« Geschichten, weil sieben eine heilige Zahl ist, über die beste Ehefrau von allen diesem Buch einzuverleiben. Dies erreichte ich unter leidenschaftlichem Hinweis auf die Tat-

sache, dass die Auslassung dieser Geschichten die Figur meiner Frau »zu flach« machen würde.

Wie jeder weiß, ist eine Friedensverhandlung eine Sache sowohl des Gebens als auch des Nehmens. Also habe ich meinen verängstigten Verleger dadurch zum Schweigen gebracht, dass ich jede einzelne dieser sieben Geschichten mit einem warnenden Stigma versehen habe.

Nun kann der Leser selbst entscheiden, ob er das Risiko eingehen möchte, diese unsterbliche Geschichte nochmals zu lesen, oder ob er sie mit einem wissenden Lächeln überschlagen will. Ausschlaggebend für seine Entscheidung ist seine Kenntnis meiner gesammelten Werke, sein Geisteszustand und seine Beziehung zum Verlagswesen.

Beim genaueren Überlegen kommt mir der erstaunliche Gedanke, dass dies der erste Fall in der Literaturgeschichte ist, wo der Autor in seinem Buch eine Art von literarischer Apartheid praktiziert.

Und hier ist nun mein erstes literarisches Selbstplagiat.

Mit gewinnendem Lächeln wandte sich die beste Ehefrau von allen an mich:

»Höre, Liebling. Am nächsten Sonntag haben wir unsern Abituriententag.«

»Wer – wir?«

»Der Jahrgang 1953 meines Gymnasiums. Alle werden dort sein. Alle meine ehemaligen Schulkameradinnen und Schulkameraden. Wenn's dir nichts ausmacht, ich meine, wenn du Lust hast, dann komm bitte mit.«

»Es macht mir etwas aus. Ich habe keine Lust. Bitte geh allein.«

»Allein geh ich nicht. Du willst mir nicht den kleinsten Gefallen tun. Es ist immer dasselbe.«

Ich ging mit.

Alle waren dort. Alle waren in bester Laune, wie immer bei solchen Gelegenheiten. Kaum erschien jemand Neuer, wurde er von allen umarmt. Auch meine Frau wurde von allen umarmt und wurde mit »Poppy« angesprochen.

Poppy! Man nannte sie Poppy! Und meine Frau fühlte sich auch noch wohl dabei. Ich hingegen fühlte mich so einsam und verlassen wie Israel im Weltsicherheitsrat.

Die fröhliche, wohl gelaunte, lärmende Unterhaltung hüpfte von einem Thema zum ändern.

»Weiß jemand etwas von Tschaschik? Stimmt es, dass er beim Rigorosum durchgefallen ist? Würde mich nicht überraschen. Er war ja nie ein großes Kirchenlicht ... Wie geht es Schoschka? Sie soll angeblich sehr gealtert sein ... Nein, das liegt nicht nur daran, dass ihr zweiter Mann um zwanzig Jahre jünger ist als sie ... Erinnerst du dich, wie sie damals das Stiegengeländer hinuntergerutscht ist, mit Stockler dicht hinter ihr? Und dann das nächtliche Bad mit Niki, bei Vollmond ...«

Tosende Heiterkeit brach aus. Einige schlugen sich auf die Schenkel.

»Das ist noch gar nichts. Benny hat sie ja später mit Kugler zusammen erwischt ... Wir wollten damals vor Lachen beinahe zerspringen ... Besonders Sascha. Und

ausgerechnet er musste mit Bergers Mutter Charleston tanzen, der Idiot … Und die Sache mit Moskowitsch war auch nicht ohne …«

Ich kam mir vor wie ein Ausgestoßener. Ich kannte keine Seele des Jahrgangs 1953. Ich gehöre zum Jahrgang 1948 des Berzsenyi-Realgymnasiums in Budapest. Hat jemand etwas dagegen?

Eine schrille Frauenstimme lenkte die allgemeine Aufmerksamkeit auf sich:

»Was glaubt ihr, wen ich vor zwei Jahren in Paris gesehen habe? Klatschkes! Hat keinen guten Eindruck auf mich gemacht. Angeblich verkauft er ordinäre Ansichtskarten an ausländische Touristen. Er hatte ja schon immer eine sonderbare Beziehung zur Kunst.«

»Na ja«, warf ich ein. »Von Klatschkes war ja schließlich nichts anderes zu erwarten.«

Jemand widersprach mir:

»Immerhin wollte er ursprünglich Architekt werden.«

»Mach dich nicht lächerlich«, gab ich zurück. »Klatschkes und Architektur. Ich möchte wetten, dass er keine gerade Linie zusammenbringt.«

Mit dieser Bemerkung erntete ich einen hörbaren Lacherfolg, der mein Selbstvertrauen erheblich steigerte.

»Ist es wahr, dass Joske und Nina geheiratet haben?«, fragte mich mein Nebenmann. »Ich kann mir das gar nicht vorstellen. Joske und Nina!«

»Ich kann mir nicht einmal vorstellen, wie sie auf der Hochzeit ausgesehen haben«, bemerkte ich und rief damit neuerliche Heiterkeit hervor. »Man braucht sich ja nur zu erinnern, wie Nina damals ihren Büstenhalter

verloren hat. Und Joske mit seinen Kaninchen! Immer, wenn ich einen Krautkopf sehe, muss ich an Joske denken …«

Das war mein größter Lacherfolg bisher. Das Gelächter wollte kein Ende nehmen.

Von da an gab ich die Zügel der Konversation nicht mehr aus der Hand. Immer neue Erinnerungen an die guten alten Zeiten kramte ich hervor, zum jauchzenden Vergnügen des Jahrgangs 1953. Als besonders wirksam erwies sich die Geschichte, wie Sascha seinen alten schäbigen Wagen zweimal verkauft hatte, und was Berger in seinem Bett fand, als er von einer nächtlichen Kegelpartie mit Moskowitsch zurückkam …

Auf dem Heimweg blickte die beste Ehefrau von allen bewundernd zu mir auf:

»Du hast die ganze Gesellschaft in deinen Bann geschlagen. Ich wusste gar nicht, dass du über solchen Esprit verfügst.«

»Das liegt an dir«, entgegnete ich mit nachsichtigem Lächeln. »Du warst ja nie eine gute Menschenkennerin, Poppy!«

Lasst uns die Dinge beim Namen nennen: Es gibt einen gähnenden Abgrund zwischen mir und meinem Weib. Vor allem in Glaubensfragen. Ich bin – wie man weiß – ein Mann der eisernen Logik, ein professioneller Zyniker von Geburt an, wohingegen die beste Ehefrau von allen, wie bei ihrer noblen orientalischen Herkunft nicht anders zu erwarten, von einem mystischen Glauben erfüllt ist.

Um auch bei diesem sensitiven Thema alle Missverständnisse von vornherein auszuschließen: Sie frönt einem Aberglauben. Das heißt, es ist jetzt nicht die Rede vom Allmächtigen, sondern von kleinen schwarzen Katzen. Mit dem Allmächtigen selbst hatte die beste Ehefrau von allen schon in früher Jugend eine schwere Krise. Wie sie mir eines Tages gestand, betete sie damals Abend für Abend vor dem Einschlafen und schloss mit der Bitte: »Lieber Gott, mach, dass ich lange Beine bekomme!« Nach fünfzehn Jahren inbrünstigen Flehens, als sie einsehen musste, dass sie nie Basketballspielerin werden könnte, hatte die beste Ehefrau von allen ihren Glauben an den Monotheismus verloren.

Nach meiner persönlichen Meinung hat sie ausgesprochen hübsche Beine, aber das ändert nichts an der Tatsache, dass meine Frau heute eigentlich an nichts glaubt als an Katzen, zerbrochene Spiegel, die Zahl 13 und toi-toi-toi, klopf auf Holz. Nach ihrer Erfahrung sind dies allein die Grundelemente, auf die man sich in allen Lebenslagen verlassen kann.

Hin und wieder aber vermischt sie ihren Aberglauben mit einer gewissen Ehrfurcht vor Medizinern und Wunderheilern, und zwar mit abstrusen Ergebnissen.

Vor einiger Zeit behauptete meine Frau urplötzlich, neu geboren zu sein. Die Neugeburt vollzog sich eines Tages beim Abendbrot, als sie mit einer dünnen, neoprimitiven Kette an ihrem rechten Handgelenk nach Hause kam.

»Ein Gesundheitsband«, teilte sie mir mit. »Das einzig

Wahre gegen Rheumatismus. Ein echtes Wunder. In dem Moment, da ich es anlegte, waren die Schmerzen in meiner rechten Schulter wie weggeblasen.«

»Wie schön«, sagte ich. »Andererseits höre ich zum ersten Mal, dass du in deiner rechten Schulter Schmerzen hattest.«

»Ich wollte nicht, dass du dir Sorgen machst. Aber jetzt bin ich wie neugeboren.«

»Gratuliere«, sagte ich. Ich musste ihr Recht geben, sie hatte immerhin den Verstand eines Neugeborenen.

Tags darauf erzählte ich in der Redaktion einem meiner Kollegen, wie kindisch meine Frau ist.

»Aber lassen Sie sie doch«, sagte mein Kollege mit geduldigem Lächeln. »Diese Kette kann doch nicht schaden.«

»Hoffentlich nicht«, sagte ich, »aber schließlich sind wir erwachsene Menschen.«

»Die Sache ist irgendwie psychosomatisch«, belehrte mich der Redakteur. »Diese Armbänder bestehen aus einer Kupfer-Zink-Legierung, und die Moleküle, die ständig zwischen den beiden Metallen hin und her fluktuieren, haben einen günstigen Einfluss auf die elektrische Strömung des Körpers. Natürlich klingt das alles ziemlich dubios. Man fragt sich allen Ernstes, wie so eine kleine Kette eine ernste Krankheit wie Rheumatismus heilen soll.«

Eben, sagte ich mir, während ich auf das Armband an seinem Handgelenk starrte.

Auf dem Heimweg traf ich unsere Nachbarin Erna Selig.

»Gott sei Dank«, seufzte ich erleichtert, als ich ihr nacktes Handgelenk sah. »Ich habe schon geglaubt, dass ich der einzige normale Mensch bin.«

»Ach, Sie meinen die kleinen Ketten? Ich glaube, das hat irgendetwas mit Selbsthypnose zu tun. Haben Sie die Geschichte von dem alten Langstreckenläufer gehört? Er war seit zwanzig Jahren ischiasgelähmt. Da hat ihm ein Amateur-Heilkundiger diese Kette besorgt, und sofort begann er mit Jogging, spielte Tennis …«

»Der Heilkundige?«

»Nein, der Ischiasgelähmte.«

»Spielt er gut?«

»Seien Sie nicht so sarkastisch. Wissen Sie, was dann geschah? Eines Tages, mitten im täglichen Jogging, bleibt der Mann mit dem Armband irgendwo hängen, das Zeug zerreißt, und ob Sie es glauben oder nicht, der alte Langstreckenläufer bleibt stehen. Wie vom Blitz getroffen, nicht einen Schritt kann er mehr laufen.«

»Ich bin zutiefst gerührt«, sagte ich. »Soll er halt von jetzt an nur noch Kurzstrecken laufen.«

»Das ist überhaupt nicht komisch.«

»Entschuldigen Sie«, sagte ich zu Erna, »wenn Sie diesen Ketten so vertrauen, dann frage ich mich, wieso tragen Sie keine?«

»Tu ich ja«, erwiderte Erna Selig und wies auf ihren rechten Knöchel. Womit wieder einmal klar bewiesen war, dass man einer Frau nicht auf den ersten Blick trauen darf. Eigentlich auf den zweiten auch nicht. Aber das ist schon eine Kettenreaktion.

Langsam kamen die Fakten ans Tageslicht. Das Wunderband ist so alt wie der Vodoo-Zauber, aber alle Jahre wird es neu entdeckt und verbreitet sich um die Welt wie eine asiatische Grippeepidemie. Heuer ist es wieder einmal »in«, und natürlich kuriert es so ziemlich alles, außer Wahnsinn.

»Es ist wirklich zu dumm«, sagte ich zu meiner Frau, »eine simple Bauernfängerei.«

»Bist du ein Fachmann?«, fragte die beste Ehefrau von allen. »Ich kann dir nur eines sagen, seit ich dieses Armband habe, schlafe ich wie ein Murmeltier.«

»Also gut«, sagte ich pikiert, »lass es mich auch versuchen. Gib her!«

»Nein, du musst fest daran glauben, sonst wirkt es nicht.«

In dieser Nacht streckte ich verstohlen meine Hand hinüber und nahm das Kettchen vorsichtig vom Handgelenk meiner Frau. Mit Befriedigung stellte ich fest, dass sie auch ohne das Armband weiterschlief.

Ich schnallte das Zeug auf mein rechtes Handgelenk und begann im Schlafzimmer auf und ab zu gehen. Zuerst fühlte ich überhaupt nichts, aber nach etwa zehn Minuten begann ich langsam müde zu werden.

Ich weckte die beste Ehefrau von allen auf.

»Ich habe es angelegt. Aber bei mir bewirkt es überhaupt nichts.«

»Blödsinn, seit wann hast du denn Rheumatismus?«

Ich begann die Leute um mich herum zu beneiden. Jeder leidet an irgendetwas, legt die Kette an und wird wie durch Zauber kuriert. Seligs Rückenschmerzen sind da-

hin, Frau Blums Schnupfen, sogar Zieglers Hühneraugen. Auch Premier Begin wird von Tag zu Tag jünger. Jeder blüht auf, jeder strotzt vor neuer Lebensfreude, nur ich bleibe wieder einmal auf der Strecke.

In meiner großen Verzweiflung kaufte ich mir auch so eine Kette.

Der nächste logische Schritt war, irgendwie einen gut erhaltenen Rheumatismus aufzutreiben. In dieser Nacht öffnete ich das Fenster, um Zugluft hereinzulassen. Ich legte mich hin und wartete auf die Schmerzen. Sie kamen nicht.

Am nächsten Morgen ging ich unter die kalte Dusche und trocknete mich provokativ nicht ab. Ich war voller Hoffnung, aber nichts geschah. Ich fühlte mich erbärmlich schlecht.

»Endlich bin ich im Besitz der wundersamsten Kur aller Zeiten, und mir fehlt die dazu passende Krankheit«, sprach ich zu mir. »Warum verkauft man nicht beides zusammen?«

In der folgenden Nacht wachte ich auf und stellte fest, dass ich die Hand nicht bewegen konnte. Freudig jauchzte ich auf und weckte meine Frau. Es stellte sich heraus, dass sie die ganze Zeit auf meinem Arm gelegen hatte. Wieder nichts.

»Lieber Gott«, flehte ich, »gib mir doch wenigstens ein rheumatisches Zeichen, nur ein kleines.«

Mein Gebet wurde erhört. Am nächsten Morgen konnte ich den Kopf nicht drehen. Herrlich, ich hatte einen verstauchten Halswirbel. Befriedigt band ich meine Kette um, setzte mich gemütlich in den Lehnstuhl

und wartete, dass der Schmerz aufhörte. Er tat es nicht. Genau genommen wurde er immer stärker.

»Weib«, flüsterte ich, »meine Kette funktioniert nicht.«

»Weil du noch immer nicht dran glaubst.«

»Wie kann ich an etwas glauben, das nicht funktioniert?«

Ich fürchte, wir werden ein Schiedsgericht anrufen müssen. Inzwischen gebe ich ein Inserat auf: »Gut erhaltener Hexenschuss aus erster Hand an meistbietenden Kettenraucher abzugeben.«

So viel zum Thema Gesundheit. Trotz allem wäre es falsch, leichtfertig anzunehmen, dass die beste Ehefrau von allen medizinischen Wissenschaften vertraut. Sie ist im Gegenteil vermutlich die erste Hypochonderin, die weder an Ärzte noch an Krankheiten glaubt, oder, um es genauer zu formulieren, sie findet sich mit beidem ab, aber in umgekehrter Reihenfolge. Ihrer Ansicht nach sollte ein vernünftiger Mensch nicht zum Arzt gehen, wenn er krank ist, weil man sofort krank wird, sobald man zum Arzt geht. Vielleicht finden sich in dieser These sogar einige Körnchen Wahrheit, selbst wenn sie vorläufig noch nicht wissenschaftlich untermauert ist. Angeblich gibt es Stämme in Afrika, die fest daran glauben, dass ein Schirm den Regen herbeiführen kann. Vielleicht sollte man das wirklich einmal ausprobieren.

Diese beste Ehefrau von allen ist eine Frau der Prinzipien und eine Kämpfernatur. Es genügt ihr nicht, die Medizin einfach zu ignorieren, sie führt auch einen stän-

digen Kampf gegen dieselbe. Sie geht zwar zum Zahnarzt, aber nur wenn sie keine Zahnschmerzen hat. Was ihre Ansichten über Gynäkologen betrifft, so würden diese das Papier zum Erröten bringen. Nein, die beste Ehefrau von allen glaubt tief und fest an die alles heilende Natur. Sie ist davon überzeugt, dass sie im Krankheitsfall der Natur helfen muss, die ärztliche Behandlung zu überwinden. Ihr diesbezügliches Glaubensbekenntnis, das man auch als gesunden Abscheu vor jeder Art von Medikamenten bezeichnen könnte, kann schlagartig zu höchst militanten Handlungen führen, wenn zum Beispiel das Gesundheitsministerium bestrebt ist, einer hilflosen Bevölkerung seinen Willen aufzuzwingen. Im Folgenden ist zu lesen, was geschieht, wenn sich die Regierungsgewalt mit der besten Ehefrau von allen konfrontiert sieht.

Vor einiger Zeit musste ich wie gewöhnlich plötzlich ins Ausland. Ich sah meine Dokumente durch und musste zu meinem Schrecken feststellen, dass mein Pocken-Impfzeugnis abgelaufen war.

Natürlich kann man kreuz und quer durch ganz Europa fahren, ohne auch nur ein einziges Mal nach einem Impfzeugnis gefragt zu werden. Aber das ist ein Hasardspiel. Hat man Pech, so genügt das Gerücht, dass irgendein Derwisch in Timbuktu zwei Pickel auf der Nase hat, und schon beginnen sie auf jedem Flughafen völlig hysterisch deine Papiere zu kontrollieren.

Die Wirkung des Pockenserums hält drei Jahre vor. Ich war bereits im vierten.

»Scheußlich«, sagte die beste Ehefrau von allen. »Du armer Teufel musst jetzt in dieses blöde Gesundheitsministerium, und irgendeine frustrierte Krankenschwester wird dir ihre Nadel in den Arm rammen. Der ganze Arm wird anschwellen, wehtun und teuflisch jucken, denn genau genommen verpassen sie dir einen leichten Pockenanfall. Angeblich sind die Bakterien, die sie in dich hineinpumpen, tot. Aber sie haben noch nie ihren Totenschein gezeigt.«

Sie rief ein Konzilium von Freunden, Bekannten und Reisegefährten zusammen.

»Ihr Mann könnte versuchen mit dem abgelaufenen Impfzeugnis durchzukommen«, schlug Ingenieur Glück vor. »Am Heathrow-Flughafen zum Beispiel gibt es diesen spitznasigen Beamten, der mit der hebräischen Schrift nicht zurechtkommt, weil er sie in der falschen Richtung liest. Wenn Ephraim Glück hat, kommt er bei ihm durch.«

»Ja«, fügte seine Gattin hinzu, »aber wenn er nicht durchkommt, gibt man ihm gleich dort am Flughafen eine Spritze. Dann nützt ihm das ganze Abreiben nichts.«

Sie hatte Recht. Auch meine Frau war überzeugt davon, dass es nur eine einzige Methode gibt, sich gegen die Behörden und ihre albernen Methoden zu wehren: Man muss sich sofort nach der Impfung ins nächste Klo einsperren und dort die Einstichstelle so lange mit einem Taschentuch reiben, bis das Gift aus dem Körper heraus ist.

»Wenn man ganz sichergehen will«, schloss die beste

Ehefrau von allen das Palaver, »nimmt man statt des Taschentuches sterile Gaze.«

Meine Frau ist bekanntlich gewohnt, praktisch zu denken. Sie hat eine Apotheke in der Stadt entdeckt, die eine ganz spezielle Antipockenimpfungsgaze vertreibt. Manche Leute verwenden zwar nur Watte und benützen das Taschentuch zum Abbinden des Armes, um die Verbreitung des Serums zu verhindern. Frau Blum riet zu Eau de Cologne: großzügig über den Einstich gegossen, neutralisiert es die Impfung sofort.

»Oder«, sagte sie, »man könnte auch wie bei Schlangenbissen verfahren. Einfach die Wunde absaugen ...«

Um es kurz zu machen, die beste Ehefrau von allen und ich gingen mit der modernsten Ausrüstung ins Gesundheitsamt. Wir hatten ein tischtuchgroßes Taschentuch, eine Literflasche Alkohol, Gaze und sicherheitshalber auch mehrere Rollen Löschpapier dabei.

Meine Frau durchsuchte ihre Küche noch nach einem Metallputzlappen, aber ihr Vorrat war gerade ausgegangen.

Ein schlechtes Omen!

Die Prozedur im Gesundheitsamt hatte sich seit dem letzten Mal nicht verändert. Ich zahlte meine Gebühr, rollte meinen linken Ärmel auf, und die Krankenschwester stach ihre Nadel in den Arm, während die beste Ehefrau von allen mit dem gesamten Arsenal vor der Türe wartete. An meinem Schmerzensschrei konnte sie erkennen, dass die Krankenschwester das Teufelszeug ganz besonders tief in meinen Arm hineinschoss. Offenbar um die Garantie zu haben, dass sich das Gift

überall gleichmäßig in meiner geplagten Anatomie verteilte.

»Dass ein nettes jüdisches Mädchen einem anderen Juden so was antun kann, werde ich nie verstehen«, sagte meine Frau, nachdem die peinliche Prozedur überstanden war.

Die Schwester rief mir nach:

»Eine Woche lang dürfen Sie nicht baden!«

Wir rannten spornstreichs zur nächsten Toilette, aber leider hatte ich keinen guten Tag. Ein brutal aussehender jugendlicher Krimineller erreichte eine Schrecksekunde vor uns die Tür und schloss sich ein.

Mir brach der Angstschweiß aus.

»Im Fall einer Pockenimpfung zählt jede Sekunde«, keuchte die beste Ehefrau von allen, während wir händeringend den Korridor auf und ab liefen. »Wenn man nicht sofort auf die kleinen Bestien losgeht, beginnen sie im Nu ihren tödlichen Lauf durch deine Adern.«

Wir hetzten kreuz und quer durch das ganze Gesundheitsamt, um irgendeine ruhige Ecke zu finden, in der wir mit der notwendigen Abreibung beginnen könnten, aber alle waren von verbissen reibenden Patienten besetzt. In den meisten Räumen faulenzten apathische Beamte, und draußen im Hof spazierte seelenruhig eine arrogante Krankenschwester, die uns ironisch zulächelte …

»Verdammt«, fluchte meine Frau, »zum Wagen!«

Wir rannten zu unserem Auto, sprangen hinein, und dort endlich, vom Lenkrad einigermaßen behindert, be-

gann die beste Ehefrau von allen verzweifelt meine Wunde abzureiben.

Aber die verlorenen Minuten waren nicht mehr einzuholen.

Schon beim Abflug begann mein Arm zu jucken, und über Rom war er bereits geschwollen. Als wir endlich London erreichten, fühlte ich mich wie eine wandelnde Pockennarbe und schrie auf, sobald mich jemand an der Schulter berührte. Eine Woche lang litt ich wie ein Tier.

»Ich kann das nicht verstehen«, beklagte sich meine Frau, »ich habe dich mit aller Sorgfalt abgerieben.«

Wir erkundigten uns in unserer Londoner Botschaft, wieso die Spritze dann doch gewirkt hatte, obwohl wir die Wunde vorschriftsmäßig behandelt hatten.

»Ganz einfach«, lautete die höfliche Antwort, »wir haben für israelische Staatsbürger ein spezielles neues Serum entwickelt. Es wirkt nur, wenn man es in die Haut einreibt.«

So also wurde die beste Ehefrau von allen in ihrem medizinischen Unabhängigkeitskrieg von hohen Mächten und Mikroben besiegt. Besonders verletzt fühlte sie sich deshalb, weil sie doch so gern ins Ausland fährt. Egal ob mit dem Gatten oder mit Kindern oder allein. Alles, was sie dazu braucht, ist die Andeutung einer plausiblen Ausrede, wie die Tatsache, dass sie eine Galerie besitzt oder die Angetraute ihres eigenen Gatten ist.

Ich habe sie auf meinen Reisen eigentlich ganz gern bei mir, weil es lustiger ist, zu zweit bummeln zu gehen, gemeinsam die Rechnungen der Restaurants zu kontrol-

lieren, oder gemeinsam die eingekauften Pakete auszupacken. Ausnahmen sind jene seltenen Anlässe, wo es einfach bequemer ist, ohne Gattin zu reisen. Die Restaurantrechnungen sind dann wesentlich niedriger, ganz zu schweigen von den elenden Einkaufsbummeln, die ja ohnehin in erster Linie Frauensache sind. Nehmen wir als Muster unsere letzte gemeinsame Urlaubsreise: Sie scheiterte beinahe an einem grünen Strich.

Diesen Urlaub hatten wir seit langem geplant, nun sollte er endlich Wirklichkeit werden. Harte Tage, angefüllt mit Reisevorbereitungen aller Art, waren vorbei und wir unterwegs.

Eine Woche Paris! Oh, là, là!

Schon im Luftraum von Rhodos überkam uns jenes für die Israelis so typische Glücksgefühl, weit weg zu sein von unserem gelobten Land, und als wir unser scheußliches Pariser Fünfsterne-Hotel betraten, hielt die Verzückung noch an. Sie sollte noch zwanzig Minuten lang währen.

Doch dann geschah es.

Ich stand am Hotelfenster und genoss die prachtvolle Aussicht auf die Pariser Fernsehantennen. Plötzlich hörte ich einen schrillen Schreckensruf hinter mir.

»Oj weh!«

Ich wandte mich um und sah, wie die beste Ehefrau von allen mit verstörtem Blick und hektischen Bewegungen ihre Handtasche durchwühlte.

Ich habe an der Seite dieser starken Frau die meisten Kriege im Nahen Osten durchgestanden. Mehr noch,

wir haben gemeinsam von der Stadtverwaltung Tel Avivs eine Baugenehmigung erkämpft. Aber in solch hemmungsloser Verzweiflung hatte ich sie noch nie erlebt.

»Mein Gott«, jammerte sie, »ich habe ihn verloren!«

Und weg war sie, um sich in den Schluchten der Großstadt zu verlieren. Mich ließ sie mutterseelenallein zurück, inmitten der Ruinen halb entleerter Koffer. Stunden vergingen, und ich begann mir langsam Sorgen zu machen. Nur meine lausige französische Aussprache hielt mich davon ab, die Polizei einzuschalten ...

Plötzlich wurde die Tür aufgerissen, und die bleichste Ehefrau von allen warf sich haltlos schluchzend aufs Bett.

»Ich kann ihn nicht finden ... In ganz Paris gibt es ihn nicht ...«

»Wen denn, um Gottes willen?«

»Meinen grünen Stift.«

Es stellte sich heraus, dass die Gute bei unserer Ankunft etwas vermisste, was sie wie einen Augapfel zu hüten gewohnt war: einen grünen fettigen Stift, der allein ihren Mandelaugen die rechte Kontur verleihen kann. Ein simpler Buntstift.

Nach ihm hatte sie ganz Paris durchforstet, sich von Boutique zu Parfümerie und wieder zurück geschleppt, Dutzende von Stiften ausprobiert, um endlich zerknirscht festzustellen, dass ihr ganz besonderes Grün in Paris nicht zu finden war. Bei dieser Gelegenheit erfuhr ich übrigens, dass es sich um ein Produkt namens »Vel-

vet Green« handelte, hergestellt von einem gewissen »Maybelle of Michigan«. Alles andere gilt nicht.

»Aber Liebling«, versuchte ich sie zu trösten, »hinter deinen Gläsern kann ohnehin kein Mensch die grünen Konturen um deine schönen Augen sehen.«

»Und was ist, wenn ich die Gläser abnehme, du Dummkopf, um sie zu putzen?«

Ich habe niemals vorgegeben, Frauen und ihre unauslotbaren Seelen verstehen zu können. Das schwache Geschlecht lebt eben in einer eigenen Welt mit eigenen Gesetzen und eigenen Buntstiften. Frauen sind einfach ganz anders als wir, die Männer. Unter anderem sind sie verrückt.

Mein Weib zum Beispiel setzte sich allen Ernstes hin und begann ein Wehklagen: Unter diesen Umständen sei sie nicht in der Lage morgen Abend zum Empfang in der Botschaft zu gehen.

»Ohne mein gewohntes Make-up komme ich mir nackt vor«, erklärte sie. »Geh du allein.«

Sie zeigte mir ihre geröteten Augen.

»Schau dies hier an, das habe ich noch mit meinem alten Stift geschminkt. Und da, auf meinem linken Auge, kannst du sehen, wie das scheußliche Zeug aussieht, das man mir hier in Paris andrehen wollte. Siehst du den Unterschied?«

Ich musterte die beiden Augen mit aller mir zu Gebote stehenden Sorgfalt und konnte nicht den geringsten Unterschied feststellen. Ein grüner Strich ist ein grüner Strich. Punktum. Vielleicht war der linke sogar ein kleines bisschen hübscher. Oder war's der rechte?

»Du hast vollkommen Recht«, sagte ich. »Kein Vergleich mit ›Velvet Green‹.«

Unsere unvergessliche Urlaubswoche in Paris drohte in eine grüne Tragödie auszuarten. Die beste Ehefrau von allen verbrachte eine schlaflose Nacht. Von Zeit zu Zeit stand sie auf, um sich im Spiegel zu betrachten. Dann weckte sie mich:

»Schau nur, wie ich aussehe. Eine Katastrophe.«

Sie hatte nicht ganz Unrecht. Mit ihrem tränenüberströmten Gesicht und den verschwollenen Augen war sie wirklich kein erfreulicher Anblick.

Bei längerem Nachdenken stellte ich fest, dass mir die farbigen Striche rund um weibliche Augen noch nie aufgefallen waren. Außer vielleicht bei Miss Piggy von den Muppets.

»Jetzt schlaf, mein Liebling«, murmelte ich unter meiner Decke, »morgen ersuchen wir den amerikanischen Botschafter dein Zeugs mit diplomatischem Kurier direkt aus Michigan kommen zu lassen.«

Am nächsten Morgen blieb sie im Bett.

Womit das Problem zwar nicht gelöst, wohl aber auf eine andere Ebene geschoben war. Ich habe einmal von einer Frau gehört, die eine Plastikspange verloren hatte, mit der sie ihre Haare unterhalb des Kleinhirns zusammenbündelte. Grund genug, aus dem Fenster zu springen …

Wegen einer Spange!

»Ich weiß, wie es passiert ist«, wehklagte mein Weib. »Im Taxi ist mir die Handtasche aufgegangen, und der

Stift muss herausgefallen sein. Und warum? Weil ich keine einzige Handtasche besitze, die anständig schließt.«

Sie hat daheim Handtaschen in erschreckendem Überfluss. Sie besitzt sie in jeder denkbaren Farbschattierung des Regenbogens. Handtaschen aus Leder, Seide, Nylon, Perlon, Dralon, Stroh, Fiberglas, Plexiglas, eine sogar aus Holz. Und zwei aus Blech.

»Morgen«, verkündete sie, »kaufen wir eine neue Handtasche.«

Der Kauf einer neuen Handtasche scheint die Lösung sämtlicher Probleme zu sein. Besonders im Ausland. Einmal, es war in Rom, gerieten wir in einen Streik der Transportarbeiter. Sie kaufte auf der Stelle eine rote Handtasche. In Zypern verstauchte ich mir den Fußknöchel. Sie ging hin und kaufte – erraten. Es war eine besonders große, wenn ich mich recht erinnere, aus gelbem Zelluloid.

»Einen Moment!«, sagte ich zu meinem Klageweib, während meine Gehirnzellen heftig rotierten, »was hältst du davon, es im Einkaufscenter der US-Army zu versuchen? Ich bin fast sicher, dass wir dort deinen Stift finden werden.«

»Mach dich nicht lächerlich«, erwiderte sie, aber ich war schon unterwegs. Unser Glück stand auf dem Spiel, vielleicht unsere Ehe. Vor allem aber unsere Urlaubswoche in Paris.

Zunächst ging ich in den nächstbesten Frisierladen und kaufte einen einfachen grünen Stift ohne irgendeine Markenbezeichnung. Dann suchte ich einen Juwelier

in der Nähe der Oper auf und bat ihn, auf die Hülle des Stiftes die Worte »Velvet Green, Maybelle of Michigan« in goldenen Lettern einzugravieren.

Der Juwelier verzog keine Miene. Er kennt seine Touristinnen.

Um es kurz zu machen: Einige Stunden später kam ich ins Hotel zurück, näherte mich der verweintesten Ehefrau von allen und überreichte ihr den Stift.

»Tut mir Leid, Liebling, ich habe den Amiladen von oben bis unten durchsucht, aber das ist alles, was ich gefunden habe.«

Die Gute erblickte meinen Buntstift und ihr Antlitz verklärte sich.

»Du Trottel!«, schrie sie. »Das ist er doch! Das ist genau der, den ich überall vergeblich gesucht habe!«

Sie stürzte zum Spiegel und zog einige sehr grüne Striche um ihre leuchtenden Augen.

»Na also! Siehst du den Unterschied?«

»Natürlich. Ich bin doch nicht blind.«

Meine dankbare Gemahlin überreichte mir sämtliche 43 Augenstifte, die sie in 43 Pariser Geschäften gekauft hatte. Sie stellte mir anheim, damit nach Gutdünken zu verfahren.

Und so setzte ich mich hin und schrieb – zum Unterschied von George Gershwin, dessen Gattin vermutlich blaue Augenstifte verwendet haben dürfte – diese Rhapsodie in Grün.

3

Die Legende vom grünen Strich hat somit der wissbegierigen Welt ein weiteres Geheimnis der besten Ehefrau von allen enthüllt, nämlich dass sie insgeheim eine Brille trägt. Sie wäre ein kurioses Pendant zu H. G. Wells' »unsichtbarem Mann«, und zwar als sichtbare Frau, die niemanden sehen kann. Sie ist nämlich selten bereit, in der Öffentlichkeit eine Brille zu tragen. Vor allem dann, wenn sie sie am dringendsten braucht, etwa, wenn sie das Haus verlässt. Ich denke manchmal voller Nostalgie an die schöne Zeit zurück, da sie sich beinahe an Kontaktlinsen gewöhnt hatte. Ich schrieb damals einen wahrheitsgetreuen Bericht über diese Entwicklung und präsentiere ihn hier, getreu meiner Abmachung mit meinem geschätzten Verleger, als Selbstplagiat Nr. 2.

»Ephraim«, sagte die beste Ehefrau von allen, »Ephraim, bin ich schön?«

»Ja«, sagte ich. »Warum?«

»Eine Frau mit Brille«, sagte sie, »ist wie eine gepresste Blume.«

Dieser poetische Vergleich war nicht auf ihrem Mist gewachsen. Sie musste den Unsinn irgendwo gelesen haben. Wahrscheinlich in einem Zeitungsinserat. Die ganze zivilisierte Welt ist voll damit. Zwei winzige gläserne Linsen, höchstens fünf Millimeter im Durchmesser, die man ganz einfach auf den Augapfel aufsetzt, und schon ist alles in Ordnung. Es ist ein Wunder und eine Erlösung, besonders für kurzsichtige Schauspielerinnen, Korbballspieler und alte Jungfern.

Auch über unser kleines Land hat der Zauber sich ausgebreitet. »Ein Mannequin aus Haifa«, so hieß es auf einem der jüngsten Werbeplakate, »begann Kontaktlinsen zu tragen – und war nach knapp drei Monaten bereits die geschiedene Frau eines gut aussehenden südamerikanischen Millionärs.«

Eine sensationelle Erfindung. Es lebe die Kontaktlinse. Nieder mit den altmodischen, unbequemen Brillen, die eine starre Glaswand zwischen uns und die Schönheit weiblicher Augen schieben.

»Ich habe mir die Adresse eines hervorragenden Experten verschafft«, informierte mich meine Gattin. »Kommst du mit?«

»Ich?«

»Natürlich du. Du bist es ja, für den ich schön sein will.«

Im Wartezimmer des hervorragenden Experten warteten ungefähr tausend Patienten. Die meisten von ihnen waren mit dem Gebrauch von Kontaktlinsen bereits vertraut. Einige hatten sich so sehr daran gewöhnt, dass nicht einmal sie selbst mit Sicherheit sagen konnten, ob

sie Kontaktlinsen trugen oder nicht. Das war offenbar der Grund, warum sie den hervorragenden Experten aufsuchten.

Ein Herr in mittleren Jahren demonstrierte gerade die Leichtigkeit, mit der sich die Linse anbringen ließ.

Er legte sie auf die Spitze seines Zeigefingers, dann, bitte aufzupassen, hob er den Finger direkt an seine Pupille – und ohne mit der Wimper zu zucken – halt – wo ist die Linse?

Die Linse war zu Boden gefallen. Achtung! Vorsicht! Bitte um Ruhe! Bitte um keine wie immer geartete Bewegung! …

Wir machten uns das entstandene Chaos zunutze und schlüpften ins Ordinationszimmer des Spezialisten, eines netten jungen Mannes, der seinen Beruf als Optiker mit enthusiastischer Gläubigkeit ausübte.

»Es ist ganz einfach«, verkündete er. »Das Auge gewöhnt sich nach und nach an den Fremdkörper, und in erstaunlich kurzer Zeit –«

»Verzeihung«, unterbrach ich ihn. »In *wie* erstaunlich kurzer Zeit?«

»Das hängt davon ab.«

»Wovon hängt das ab?«

»Von verschiedenen Umständen.«

Der Fachmann begann eine Reihe fachmännischer Tests durchzuführen und erklärte sich vom Ergebnis hochbefriedigt. Die Beschaffenheit des Okular-Klimas meiner Gattin, so erläuterte er, sei für Kontaktlinsen ganz besonders gut geeignet. Dann demonstrierte er, wie einfach sich die Linse auf die Pupille platzieren ließ

und wie einfach sie sechs Stunden später wieder zu entfernen war. Ein kleines Schnappen des Fingers genügte.

Die beste Ehefrau von allen erklärte sich bereit, die riskante Prozedur auf sich zu nehmen.

Eine Woche später wurden ihr die perfekt zugeschliffenen Linsen in einem geschmackvollen Etui zugestellt, wofür ich einen geschmackvollen Scheck auszustellen hatte.

Noch am gleichen Abend, im Rahmen einer gelegentlichen Familien-Reunion, begann sie mit dem Gewöhnungsprozess, streng nach den Regeln, an die sie sich fortan halten wollte: erster Tag – 15 Minuten, zweiter Tag – 20 Minuten, dritter Tag – Dritter Tag? Was für ein dritter Tag, wenn ich fragen darf? Genauer gefragt: Was für ein zweiter? Und ganz genau: Was für ein erster?

Kurzum: Nachdem sie die beiden mikroskopisch kleinen, unmerklich gewölbten Dinger vorschriftsmäßig gesäubert hatte, legte sie die eine Linse auf ihre Fingerspitze und bewegte ihren Finger in Richtung Pupille. Der Finger kam näher, immer näher – er wurde größer, immer größer – er wuchs – er nahm Furcht erregende Dimensionen an –

»Ephraim, ich habe Angst!«, schrie die beste Ehefrau von allen in bleichem Entsetzen.

»Nur Mut, nur Mut«, sagte ich beruhigend und aufmunternd zugleich. »Du darfst nicht aufgeben. Schließlich habe ich für das Zeug ein kleines Vermögen gezahlt. Versuch's noch einmal.«

Sie versuchte es noch einmal. Zitternd, mit zusammengebissenen Zähnen, führte sie den Finger mit der

Linse an ihr Auge heran – näher als beim ersten Versuch – schon war er ganz nahe vor dem Ziel – schon hatte er das Ziel angepeilt und schwupps! war er im Weißen ihres Auges gelandet.

Es dauerte ungefähr eine halbe Stunde, bis die Linse richtig auf der Pupille saß. Aber dann war's herrlich! Keine Brille – das Auge bewahrt seine natürliche Schönheit – seinen Glanz – sein Glitzern – es ist eine wahre Pracht. Natürlich gab es noch kleine Nebeneffekte und Störungen. Zum Beispiel waren die Nackenmuskeln zeitweilig paralysiert, und der Ausdruck des ständig nach oben gekehrten Gesichts war ein wenig starr. Aber anders hätte das bejammernswerte Persönchen ja überhaupt nichts gesehen, anders hätte sie unter ihren halb geschlossenen Augenlidern auch noch zwinkern müssen. Und mit dem Zwinkern wollte es nicht recht klappen. Es tat weh. Es tat, wenn sie es auch nur ansatzweise versuchte, entsetzlich weh. Deshalb versuchte sie es gar nicht mehr. Sie saß da wie eine tief gekühlte Makrele, regungslos gegen die Rückenlehne des Sessels gelehnt, und die Tränen liefen ihr aus den starr zur Decke gerichteten Augen. Volle fünfzehn Minuten lang. Dann ertrug sie es nicht länger und entfernte die Linsen.

Das heißt: Sie würde die Linsen entfernt haben, wenn sich die Linsen hätten entfernen lassen. Sie ließen sich aber nicht. Sie trotzten den immer verzweifelteren Versuchen, sie zu entfernen. Sie rührten sich nicht.

»Steh nicht herum und glotz nicht so blöd!«, winselte die beste Ehefrau von allen. »Tu etwas! Rühr dich!«

Ich konnte den tadelnden Unterton in ihrer Stimme

wohl verstehen. Schließlich hatte sie all diese Pein nur meinetwegen auf sich genommen. Ich suchte in meinem Werkzeugkasten nach einem geeigneten Instrument, mit dem sich die tückischen kleinen Gläser hätten entfernen lassen, schüttete den gesamten Inhalt des Kastens auf den Boden, fand aber nur eine rostige Beißzange und musste zwischendurch immer wieder die Schmerzensschreie meiner armen Frau anhören. Schließlich rief ich telefonisch eine Ambulanz herbei.

»Hilfe!«, schrie ich ins Telefon. »Ein dringender Fall! Zwei Kontaktlinsen sind meiner Frau in die Augen gefallen! Es eilt!«

»Idiot!«, rief die Ambulanz zurück. »Gehen Sie zu einem Optiker!«

Ich tat, wie mir geheißen, hob die unausgesetzt Jammernde aus ihrem Sessel, wickelte sie um meine Schultern, trug sie zum Auto, raste zu unserem Spezialisten und stellte sie vor ihn hin.

In Sekundenschnelle, mit einer kaum merklichen Bewegung zweier Finger, hatte er die beiden Linsen entfernt.

»Wie lange waren sie denn drin?«, erkundigte er sich.

»Eine Viertelstunde freiwillig, eine Viertelstunde gezwungen.«

»Nicht schlecht für den Anfang«, sagte der Experte und händigte uns als Abschiedsgeschenk eine kleine Saugpumpe aus Gummi ein, ähnlich jenen, die man zum Säubern verstopfter Abflussrohre in der Küche verwendet, nur viel kleiner. Die Miniaturpumpe sollte man, wie er uns einschärfte, direkt auf die Miniaturlinse an-

setzen, und zwar derart, dass ein kleines Vakuum entsteht, welches bewirkt, dass die Linse von selbst herausfällt. Es war ganz einfach.

Man würde kaum glauben, welche Misshandlungen das menschliche Auge erträgt, wenn es nur will. Jeden Morgen, pünktlich um 9.30 Uhr, überwand die beste Ehefrau von allen ihre panische Angst und presste die beiden Glasscherben in ihre Augen. Dann machte sie sich mit kleinen, zögernden Schritten auf den Weg in mein Zimmer, tastete sich mit ausgestreckten Armen an meinen Schreibtisch heran und sagte:

»Rate einmal, ob ich jetzt die Linsen drin habe.«

Das stand im Einklang mit dem Text des Inserats, demzufolge es völlig unmöglich war, das Vorhandensein der Linsen mit freiem Auge festzustellen. Daher ja auch die große Beliebtheit dieses optischen Wunders.

Den Rest der täglichen Prüfungszeit verbrachte meine Frau mit leisem, aber beständigem Schluchzen. Bisweilen schwankte sie haltlos durch die Wohnung, und über ihre vertrockneten Lippen kamen ein übers andere Mal die Worte: »Ich halt's nicht aus … ich halt's nicht aus …«

Sie litt, es ließ sich nicht leugnen. Auch ihr Äußeres litt. Sie wurde, um es mit einem annähernd zutreffenden Wort zu sagen, hässlich. Ihre geröteten Augen quollen beim geringsten Anlass über, und das ständige Weinen machte sich auch in ihren Gesichtszügen nachteilig geltend. Obendrein dauerte die Qual von Tag zu Tag länger. Und dazu die täglichen Eilfahrten zum Optiker, damit er die Linsen entferne. Denn die kleine Gummipumpe

war ein Versager, das zeigte sich gleich beim ersten Mal, als meine Frau sie in Betrieb nahm. Das Vakuum, das programmgemäß entstand, hätte ihr fast das ganze Auge herausgesaugt.

Niemals werde ich den Tag vergessen, an dem das arme kleine Geschöpf zitternd vor mir stand und verzweifelt schluchzte:

»Die linke Linse ist in meinen Augenwinkel gerutscht. Wer weiß, wo sie sich jetzt herumtreibt.«

Ich erwog ernsthaft eine Krankenschwester aufzunehmen, die im Entfernen von Kontaktlinsen spezialisiert wäre, aber es fand sich keine. Auch unsere Gespräche über die Möglichkeit einer Emigration oder einer Scheidung führten zu nichts.

Gerade als ich alle Hoffnung aufgeben wollte, buchstäblich im letzten Augenblick, erfolgte die Wendung zum Besseren: Die beiden Linsen gingen verloren. Wir wissen bis heute nicht, wie und wo. Sie sind ja so klein, diese Linslein, so rührend klein, dass sie augenblicklich im Großstadtverkehr verschwinden, wenn man sie zufällig aus dem Fenster gleiten lässt …

»Und was jetzt?«, jammerte die beste Ehefrau von allen. »Jetzt, wo ich mich gerade an sie gewöhnt habe, sind sie weg. Was soll ich tun?«

»Willst du das wirklich wissen?«, fragte ich.

Sie nickte unter Tränen und nickte abermals, als ich sagte:

»Trag wieder deine Brille.«

Es geht ganz leicht. Am ersten Tag fünfzehn Minuten, am zweiten zwanzig – und nach einer Woche hat man

sich an die Brille gewöhnt. Deshalb kann die beste Ehefrau von allen aber trotzdem von Zeit zu Zeit ohne Brille zu einer Party gehen und vor aller Welt damit prahlen, wie großartig diese neuen Kontaktlinsen sind. Man sieht sie gar nicht. Wenn man nicht gerade das Pech hat, den Büfett-Tisch umzuwerfen, glaubt's einem jeder, man wird zum Gegenstand allgemeinen Neides, und das allein zählt.

Unser kurzer Kontakt mit Linsen fand in jenen fernen Tagen statt, ehe wir fruchtbar wurden und uns vermehrten. Jedoch mit zwei Kindern im Haus überwindet sich eine Frau eher dazu, eine Brille zu tragen. Sie will doch von Zeit zu Zeit wissen, wie ihre Kinder aussehen. Umso mehr, als sie zu meinem größten Leidwesen auch noch die beste Mutter von allen ist. Die Hingabe an ihre Brut grenzt schon an Hörigkeit. Sie ist, wenn ich so sagen darf, nachwuchsfixiert: Es ist nahezu ein Fall von umgekehrtem Ödipuskomplex.

Hier muss ich der Annahme entschieden entgegentreten, dass ich etwa ein schlechter Vater wäre. Ich besorge meinen Kindern lastwagenweise quer gestreiften Kaugummi und ich habe sie auch noch nie geprügelt, außer natürlich in Notwehr. Aber meine Kinderliebe lässt sich nicht mit der meiner Allerbesten vergleichen. Sie hat irgendwann beschlossen, eine Mustermutter zu werden, und klebt an diesem Image wie eine Klette.

Diese schonungslosen Enthüllungen über die beste Ehefrau von allen wage ich nur deshalb zu veröffentlichen, weil ich weiß, dass sie sie niemals missverstehen

wird. Sie ist letzten Endes eine sehr klarsichtige, selbstkritische Persönlichkeit, die jederzeit in der Lage ist sich selbst aus der Vogelperspektive zu betrachten.

Außerdem liest sie keine deutschen Bücher. Und was die Vogelperspektive betrifft, so stelle ich bei längerem Nachdenken fest, dass auch der Strauß ein Vogel ist.

Bei noch längerem Nachdenken muss ich Sie, werter Leser, bitten, meiner Frau nichts von dem zu erzählen, was ich in diesem Kapitel über sie schreibe.

Vielen Dank.

Die überschäumende Kinderliebe der besten Ehefrau von allen begann etwa achtzehn Monate vor der Geburt unseres gemeinsamen Erstgeborenen Amir. Jenes Amirs, der blauen Auges und flammenden Haares durchs Leben schreitet, ebenso wie König David in den Tratschkolumnen der Antike beschrieben wurde. Wachsam und umsichtig wie immer hat die beste Ehefrau von allen schon in diesem frühen Stadium unserer Familienplanung entdeckt, dass das wesentliche Problem der Kindererziehung die Anschaffung eines verlässlichen Babysitters ist. Das ist zwar ein weltweites Problem, aber es ist nahe zu unlösbar in einem Staat, der gerade in dem Moment seine Jungen und Mädchen zum Militär schickt, da sie die notwendige Reife für einen Babysitter erreichen. Sogar wenn einmal ein solcher greifbar ist, bekommt man ihn nicht ohne erschwerende Umstände. Die Bedingungen für ein verlässliches Exemplar sind folgende: eine wilde Orgie für den Babysitter und seinen Freundeskreis in sämtlichen Räumen unseres

Hauses, einige Tonbänder mit heißer Tanzmusik, kühle Erfrischungen, freier Transport hin und zurück sowie ein drahtloses Funkgerät (auch »Walkie-Talkie« genannt). »In Mühsal und Plage sollt ihr eure Kinder großziehen«, sagt die Bibel und nimmt damit sicherlich Bezug auf das Babysitterproblem.

»Ich glaube«, sagte die beste Ehefrau von allen, als sie unseren König David im fünften Monat unter dem Herzen trug, während ihr Blick, das Land der Griechen mit der Seele suchend, weit über das Meer schweifte, »ich glaube, Medea hat ihre Kinder nur deshalb getötet, weil sie keinen Babysitter bekommen konnte.«

Ein Gedanke, der nicht so ohne weiteres von der Hand zu weisen ist.

Im siebten Monat ihrer Schwangerschaft mit Amir kam sie eines Tages gefolgt von einer älteren Dame nach Hause. Diese ließ sich prompt im Wohnzimmer nieder, holte aus ihrer Tasche einen größeren Vorrat an Frauenmagazinen sowie Stricknadeln und einen überdimensionalen Wollknäuel hervor. Sie vertiefte sich mit einem Augen in die Lektüre, mit dem anderen strickte sie zwei glatt, zwei verkehrt. Nach etwa drei Stunden wurde ich etwas nervös und verlangte eine Erklärung von meiner Frau.

»Ich habe nicht die Absicht, erst im letzten Moment unser Land nach einem Babysitter zu durchkämmen«, teilte mir das kleine Weib mit dem großen Bauch mit. »Frau Fleischhacker wird bis zur Ankunft des Babys dreimal wöchentlich kommen und danach fünfmal wöchentlich. Sie hat als Babysitter langjährige Erfahrung,

und ich lege größten Wert darauf, sie mir nicht vor der Nase wegschnappen zu lassen ...«

Meine Frau produzierte zur vorgesehenen Zeit unseren ersten Freudenspender ohne größere Schwierigkeiten, und nach einem flüchtigen Blick auf das rosa Etwas, das vorläufig noch vornamenlos neben ihr lag, rief sie aus:

»Sag selbst, sieht er nicht wie ein kahler blonder Engel aus?«

In der Farbe hat sie sich geirrt. Was den Engel betrifft, so mussten wir gemeinsam mit unseren Nachbarn (sofern sie nicht weggezogen sind) bald die Entdeckung machen, dass unser Sohn, hätte er zur Zeit des Falles von Jericho gelebt, in der Lage gewesen wäre, diese Mauern eigenhändig zu Fall zu bringen – oder sollte ich sagen eigenstimmig? Er konnte stundenlang brüllen, unser Amir, er brüllte, bis sein Gesicht blau anlief, und nur eines konnte ihn davon abhalten: Bewegung. So wie jeder waschechte Israeli war er nur dann schweigsam und glücklich, wenn er auf Reisen war. Ich könnte ein ganzes Buch über dieses Thema schreiben: »Wanderjahre mit meinem Sohn«. Genau das war's, was wir die ersten drei Jahre seines Lebens taten: Kinderwagen schieben. (Davon blieb mir bis zum heutigen Tag die traumatische Abneigung gegen Supermärkte.) Wann immer ich an der Reihe war, den Kinderwagen zu schieben, und versuchte, mich dem vorsichtig zu entziehen, erklärte mir die beste Mutter von allen, dass das Kind unter Winden im Bäuchlein leide.

»Freilich«, erwiderte ich, während ich erschöpft mei-

nen Nachkömmling auf der Terrasse hin und her schob, »und wenn ich ihn im Kinderwagen schaukle, hat er keine Winde?«

»Nein«, sagte die beste Ehefrau von allen, »dann nicht.«

Das Ergebnis dieser verpfuschten Erziehung sollte siebzehn Jahre später klar zutage treten. Amir bekam einen Tobsuchtsanfall, als meine Frau sich weigerte ihm zwei Minuten nach seiner bestandenen Fahrprüfung ihren Wagen zu leihen. Als ich sah, wie sich mein rothaariger Sohn in seiner ganzen Länge auf den Boden warf und schrie: »Auto! Amir will Auto!«, sagte ich meiner Frau mit der mir eigenen Ruhe:

»Ich glaube, das Kind hat noch immer Winde im Bäuchlein.«

Die Antwort meiner Allerbesten soll aus dem Protokoll gestrichen werden.

Zum Thema Kindererziehung, wie gesagt, hatten wir schon immer divergierende Ansichten. Die beste Ehefrau von allen zum Beispiel führte die letzten achtzehn Jahre ein gerüttelt Maß von Kinderfotos in ihrer Handtasche mit. (Vor Amirs Geburt waren es Röntgenaufnahmen.) Und alle diese Fotos zeigte sie denen, die an Kindern interessiert waren oder nicht.

»Ein Kind mag sich ändern«, argumentierte sie, »aber auf dem Foto bleibt er immer so, wie er ist.«

Das habe ich nie verstanden. Wann immer mir jemand das Foto eines kleinen roten Brüllaffen in der Wiege zeigt, pflege ich zu sagen:

»Das wird sich hoffentlich einmal ändern.«

Worauf jeder über einen so komischen Kauz wie mich zu lachen beginnt.

Was unsere beiden Kinder betrifft, so sind sie natürlich sehr lieb und klug und neurotisch vom Scheitel bis zur Sohle. (Zum Unterschied von Rafi, dem Sohn aus meiner ersten, sozusagen gescheiterten Ehe, der ein ruhiges und ausgeglichenes Naturell hat.) Als Erklärung dafür, dass meine beiden anderen, die Kinder einer glücklichen Ehe, so überzeugte Neurotiker geworden sind, möchte ich hier einen Luftpostbrief veröffentlichen, den mir die beste Ehefrau von allen vor sechzehn Jahren geschrieben hat. Ich habe ihn als inkriminierendes Beweismaterial bis zum heutigen Tag aufbewahrt.

Mein lieber Ephraim,
seit du weg bist, ist viel passiert in unserem Land. Ich werde versuchen, dir alles Wesentliche zu berichten. Solange es geht, das heißt, solange Amir noch im Garten spielt.

Du wirst deinen Sohn nicht wieder erkennen, wenn du zurückkommst. Er ist ein lieber, ruhiger, gut erzogener Bub geworden. Jetzt spielt er ganz alleine im Garten, ohne dass jemand auf ihn aufpasst. Der süße Kleine.

Er ist auch sehr gewachsen. Wenn er zum Beispiel auf den Zehenspitzen steht, kann er die Wäsche erreichen, die zum Trocknen auf der Leine hängt, und ein Wäschestück nach dem anderen herunterziehen.

So weit also Amir. Jetzt will ich dir über die politische Lage in unserem Land berichten. Aber vorher möchte ich dir erzählen, wie ich meine Tage verbringe.

Also, mein Tag beginnt normalerweise um drei Uhr in der Nacht. Um diese Zeit wacht nämlich Amir auf und kriecht unter meine Decke. Er hängt so an mir, der kleine Goldschatz. Kaum dass er mich sieht, macht er sein Mündchen auf und ruft: »Dadada.« Was er damit sagen will, weiß ich nicht. Vielleicht glaubt er, dass es mein Name ist. Übrigens passiert es sehr oft, dass ich mich frage, was er meinen könnte. Er plappert nämlich den ganzen Tag, er ist ein ungewöhnlich begabtes Kind. Nur verstehe ich nicht, was er sagt.

Also, was die Lage betrifft: Zwischen drei Uhr nachts und neun Uhr vormittags spielen wir, Amir und ich. Dann, wenn wir müde sind, geht Amir schlafen. Du müsstest ihn mal sehen, wenn er schläft: wie ein kleiner Engel. Stell dir vor, er streckt sich ganz in seinem kleinen Bett aus, mit seinem goldroten Lockenkopf auf dem Polster, und schließt die Augen! Und das ist noch nicht alles! Er atmet durch seine hübsche kleine Nase aus und ein und ein und aus.

Wie findest du das?

Ich war gerade im Garten, um nachzusehen, was er macht. Du wirst es nicht für möglich halten, aber er fängt Schmetterlinge. Er liebt Schmetterlinge. Unser neuer Hausarzt sagt, dass es ihm nicht schaden wird. Ich meine seinem Magen.

Da fällt mir ein, dieser aufdringliche Doktor sagt, dass er bei uns einziehen sollte. Er will sich offenbar das ewige Hin- und Herfahren von seinem Haus zu unserem ersparen.

Jetzt zu den neuesten Ereignissen in unserem Land.

Zu dumm, dass ich sie nicht sehen konnte. Unser Fernsehapparat ist nämlich kaputt, weil Amir ihn getreten hat. Der Kleine hat geglaubt, dass es ein eckiger Hund war. Ist das nicht merkwürdig, wie er vor nichts und niemand Angst hat, unser Bub?

Gestern hat er alles, was auf deinem Schreibtisch lag, aus dem Fenster geworfen. Der Doktor sagt, das sei vollkommen natürlich, weil er Zähne bekommt. Amir, nicht der Doktor. Vielleicht hat er Recht. Neulich hat Amir beispielsweise seine kleinen Zähne in ein Polster gegraben und es dann kräftig durchgebissen. Dann hat er die Federn aus dem Polster geschüttelt und durch das ganze Zimmer gewirbelt. Und dieses Kind hat noch nie in seinem Leben Schnee gesehen!

Ich habe eben hinausgesehen. Amir ist jetzt in den Nachbargarten gegangen, weil es in unserem Garten keine Blumen mehr gibt. Er liebt die Blumen genauso wie die Schmetterlinge. Er hat sich jetzt gerade eben mit der Katze unserer Nachbarn angefreundet. Er versucht sie am Schwanz durch den Zaun zu ziehen. Die Katze nennt er auch »Dadada«.

Jetzt wollte ich dir über die Inflation berichten, aber er weint draußen. Ich schaue nach, was los ist.

Du wirst es nicht erraten, was passiert ist! Du erinnerst dich doch sicher, wie gern Amir Schallplatten spielt? Jedenfalls hat er jetzt eine nach der anderen über den Gartenweg gerollt, aber plötzlich ist Tschaikowskys Erstes Klavierkonzert davongetrudelt, und da begann er zu weinen. Ich kann es nicht aushalten, wenn er weint, es bricht mir das Herz.

Also habe ich ihn gefragt: »Amiri, mein kleiner Liebling, sag doch Dadada, wo Tschaikowskys Klavierkonzert ist.« Da zeigte er mit seinem kleinen süßen Finger auf den Akazienstrauch auf der anderen Straßenseite. (Du erinnerst dich, wo wir die zerbrochene Fensterscheibe hingeworfen haben.) Also gehe ich hin zu den Akazien, um Tschaikowsky zu holen. Was glaubst du, was ich dort fand? Nichts! Er hat mich an der Nase herumgeführt, der kleine Fuchs!

Dass du derzeit krank bist, tut mir Leid. Amir hat gestern auch geniest. Kein Wunder, schließlich ist er knöcheltief durchs kalte Wasser gewatet. Ich habe übrigens vergessen dir zu erzählen: Während ich ihm Milchschokolade besorgte, hat er alle Wasserhähne im Haus geöffnet. Glaub ja nicht, dass ihm das irgendjemand gezeigt hat. Das hat er ganz allein herausgefunden.

Mach dir keine Sorgen, die Versicherungsleute sind sehr zuvorkommend. Sie haben mir ein Stipendium angeboten, wenn ich Amir zu dir ins Ausland schicke. Sie haben sich in das Kind auf den ersten Blick verliebt.

Das wäre also alles, was ich über die Lage in unserem Land zu berichten habe. Schreib mir bald wieder und erzähle mir, wo du überall warst, und vor allem, was die Kinder dort anziehen, was sie essen und wie alt sie sind.

In Gedanken stets bei dir

Deine Dadada

PS: Wenn du mir wieder einen Brief schreibst, ruf mich an und lies ihn mir vor. Unser Briefträger will nicht mehr kommen. Er hinkt.

Inzwischen ist Amir zu einer respektablen Größe aufgeschossen. Er hat entdeckt, worüber junge Mädchen zu kichern pflegen, und außerdem zeigt er eine unerwartete Befähigung für die Wissenschaft der Mikroprozessoren. So sehr, dass man ihn an das Weizmann-Institut nach Rechovot gesandt hat, um ihn dort wie einen wirklichen Erwachsenen im Umgang mit elektronischen Computern zu schulen. Die beste Mutter der Welt wollte ihm dabei natürlich nicht im Wege stehen, daher ist sie nicht mit ihm gefahren. Sie telefoniert nur täglich einige Stunden mit ihm. Durchschnittlich zwölfmal am Tag. Es geht bei diesen Gesprächen vornehmlich um Gesundheit und gutes Benehmen.

»Das Kind«, ließ sie mich wissen, »hängt so an mir.«

Durch einen blindwütigen Zufall gelang es mir, einige dieser Gespräche zwischen dem jungen Wissenschaftler und seiner Mama abzuhören, und ohne größere Mühe gelang es meiner Fantasie, ein Telefonat zu erfinden, das die beste Ehefrau von allen vielleicht in einem Jahrzehnt mit ihrem Sohn führen wird. Zu einem Zeitpunkt also, da das Kind – wie ihrem Mutterherzen schon heute bewusst ist – ein weltberühmter Wissenschaftler, der größte lebende Experte auf dem Gebiet der magnetischen Felder, prominentes Mitglied der Kommission für Atomenergie und Nobelpreisträger für Physik sein wird.

Während dieses vorausgesehenen Telefonats hält sich Amir bei einem Kongress in San Francisco auf.

Das Gespräch spielt sich ungefähr so ab.

Mama: Hallo! Wer da?

Prof. A. Kishon: Amir, shalom.

Mama: Großer Gott, was ist denn passiert?

Prof. A. Kishon: Nichts, Mama, alles in Ordnung. Ich habe nur ein paar Unterlagen zu Hause vergessen. Und zwar mein Konzept für ein Referat über die Veränderung flüssiger Körper unter dem Einfluss kosmischer Bestrahlung. Wahrscheinlich liegt es auf meinem Schreibtisch.

Mama: Ich hab's doch gewusst, dass du was vergessen würdest. Du bist immer so zerstreut, mein Lieber. Ich möchte nur wissen, wozu du deinen Kopf eigentlich mitgenommen hast.

Prof. A. Kishon: Mama, ich bin in Eile, ich muss zurück zur Sitzung. Montag bin ich an der Reihe, ich brauche das Referat dringend.

Mama: Warum bist du so heiser?

Prof. A. Kishon: Heiser?

Mama: Amir, erzähl mir nicht, dass du nicht heiser bist, wo ich's doch selber höre. Du hast wieder kaltes Wasser getrunken. Warst du schon beim Arzt?

Prof. A. Kishon: Ich brauche keinen Arzt. Bitte, Mama, schau, dass du das Referat findest. Vielleicht schreibst du dir's auf: »Veränderung flüssiger Körper ...«

Mama: Mach dir einen heißen Wickel, wenn du schlafen gehst, und versuch zu schwitzen, dann bist du morgen wieder gesund.

Prof. A. Kishon: Ja, Mama, aber ...

Mama: »Ja, Mama, ja, Mama«, und dann geht er hin und tut doch, was ihm passt. Als ob man einem Tauben predigte. Wenn dein Vater Halsweh hat oder Rücken-

schmerzen, schluckt er ein Pulver. Hast du wenigstens eine warme Bettdecke?

Prof. A. Kishon: Ja, Mama, ich habe alles, was ich brauche. Aber dieses Referat …

Mama: Verlang eine Daunendecke. Sag den Leuten, ich hätte es gesagt. Und lauf nicht ohne Schal herum.

Prof. A. Kishon: Um Himmels willen, Mama, hier ist es heiß wie …

Mama: Ja, und nachts wird es dann kalt! Du weißt doch, wie anfällig du bist. Ich frage mich nur, von wem du das hast. Ich war mein Leben lang nicht einen Tag krank und auch dein Vater ist beinahe kerngesund. Iss ja keine rohe Salami! Hörst du, Amir?

Prof. A. Kishon: Ja, Mama.

Mama: Ich mach mir wirklich Sorgen um dich. Ich hätte dich nicht weglassen dürfen um diese Jahreszeit. Wann kommst du zurück?

Prof. A. Kishon. In circa zehn Tagen.

Mama: Warum so spät?

Prof. A. Kishon: Ich muss noch nach London zu einer Nuklearkonferenz, um die Welt vor einer Atomkatastrophe zu bewahren.

Mama: Musst du da unbedingt hin?

Prof. A. Kishon: Ich bin der Vorsitzende.

Mama: Dein Vater hat vierzig Jahre lang zu Hause an seinem Schreibtisch gesessen und war glücklich dabei. Kannst du denn nicht einmal absagen?

Prof. A. Kishon: Ich habe eine persönliche Einladung von der Königin.

Mama: Dann zieh dich anständig an. Nicht die graue Hose, die beult an den Knien immer so aus. Und vergiss nicht, dich zu verbeugen, und »Euer Majestät« zu sagen, man sagt nicht einfach »Hallo« zu einer Königin. Die Königin soll nicht denken, ich hätte dich schlecht erzogen, hörst du, Amir?

Prof. A. Kishon: Gewiss, Mama.

Mama: Ich bin sicher, du träumst wieder mit offenen Augen. Gibt's da, wo du bist, fließendes Wasser?

Prof. A. Kishon: Also, Mama ...

Mama: Dann wasch dich und vergiss nicht, täglich die Unterwäsche zu wechseln.

Prof. A. Kishon: Natürlich, Mama.

Mama: Gut. Aber ich wollte dir noch was sagen. Was war das denn nur? Erst gestern sagte ich zu deiner Tante Sabina: »Das muss ich dem Jungen erzählen, das interessiert ihn bestimmt.« Was war das nur?

Prof. A. Kishon: Beim nächsten Mal ist dir's sicher wieder eingefallen ...

Mama: Unterbrich mich nicht. Stell dir vor: Herr Jacobsohn, du weißt doch, der nette, seriöse Herr von nebenan, er wurde zum Mitglied des Einwohnerrats gewählt, als Nachfolger von Herrn Großmacher, der zu seiner Tochter nach Brasilien gezogen ist. Sie soll wieder schwanger sein. Jetzt sind wir natürlich alle mächtig stolz auf Herrn Jacobsohn. Er ist immerhin noch ein recht junger Mensch, ungefähr in deinem Alter – und schon im Einwohnerrat! Das ist eine große Ehre, nicht wahr? Ich denke, du solltest ihm mit ein paar Zeilen gratulieren und ihm ein Geschenk aus Amerika mitbringen,

am besten etwas aus Plastik. Aber wie ich dich kenne, vergisst du auch das.

Prof. A. Kishon: Ja, Mama.

Mama: Du hörst mir ja überhaupt nicht zu, Amir. Schreib's dir lieber auf, du behältst ja nichts. Also. »Herr Jacobsohn, Strich, Plastikgeschenk.« Hast du das?

Prof. A. Kishon: Ja.

Mama: Gut, und jetzt geh wieder zu deinen Freunden. Und sei höflich zu allen. Und wenn jemand mit dir spricht, schau ihm in die Augen und nicht an die Decke.

Prof. A. Kishon: Natürlich, Mama.

Mama: Schön, dass du angerufen hast. Wolltest du was Bestimmtes?

Prof. A. Kishon: Ich? Äh ... nicht dass ich wüsste ...

Mama: Hör auf zu stottern. Also mach's gut, mein Junge, und denk dran, Mama liebt dich, auch wenn du ein bisschen schlampig bist.

Prof. A. Kishon: Danke, Mama. Adieu.

Mama: Dein Schal!

Etwa um diese Zeit betrat unsere süße kleine Renana die Szene und beherrschte sie von Stund an. Unser Nachwuchs war somit verdoppelt, und ebenso verdoppelte sich der daraus resultierende Lärm.

Lärm? Falsch. Das rechte Wort dafür muss noch erfunden werden. Es handelte sich um eine Collage von Schreien und Brüllen, begleitet vom Stampfen unzähliger Füße, von Türenknallen, ohrenbetäubendem Krach herumgeworfener Gegenstände. Man brauchte viel Zeit, bis man sich dran gewöhnt hatte.

»Ist dir schon aufgefallen«, bemerkte eines Tages die beste Ehefrau von allen mit nachdenklichem Blick, »wie öd und leer unser Haus wirkt, wenn die Kinder nicht daheim sind?«

Meine Einstellung war da wesentlich gemäßigter. Meiner Meinung nach kann hin und wieder ein bisschen Leere nicht schaden. Natürlich spreche ich nicht von üblichen Werktagen, an denen die Kinder in den Mauern ihrer Schule eingekerkert sind und als Folge davon in unserem Haus eine himmlische Ruhe einkehrt. Nein, ich spreche von der teuflischen Erfindung »Schulferien«, wenn die Kinder den ganzen Tag daheim verbringen und uns langsam aber sicher dem Wahnsinn in die Arme treiben.

Die einzige Erlösung aus diesem Pandämonium heißt »Ferienlager«, es möge blühen und gedeihen. Dies ist ein gesegneter Ort, an den die Kinder und ihr Lärm für die gesamte Dauer der schulfreien Zeit verbannt werden.

Man hat zum Glück eine reichhaltige Auswahl. Es gibt Lager, in denen die schönen Künste Priorität haben, andere betonen Sport und körperliche Ertüchtigung der Kinder, wieder andere widmen sich dem intellektuellen Training, und schließlich gibt es Lager, die an hohen Einnahmen interessiert sind. Alle haben ein Wesentliches gemein, sie erzeugen Ruhe und Frieden in den Elternhäusern. Außer natürlich im Elternhaus meiner Kinder.

Die beste Mutter von allen weigerte sich nämlich standhaft, auch nur einen einzigen Tag ohne ihre kleinen Engel zu leben. Ich habe ihr in diesem Punkt zwölf oh-

renbetäubende Sommer lang nachgegeben. Warum? Schließlich bin ich doch ihr liebender Papi, und ich finde mich damit ab, mit dümmlichem Grinsen alles zu erdulden. Insgeheim bin auch ich vernarrt in unsere Kinder, und die daraus resultierende Verlegenheit kompensiere ich, indem ich in meinen Büchern schamlos den strengen Vater spiele.

Deshalb ertrug ich also das Chaos zwölf Jahre lang. Wir schickten unsere Brut nicht einmal in jenes berühmte Sommerlager von Ejn Gedi, in welchem den Kindern eine perfekte Opernausbildung zuteil wird.

Zwölf Jahre lang – dann brachen wir zusammen.

»Hör zu«, sagte die beste Ehefrau von allen plötzlich im letzten Sommer, während sie sich die Watte aus den Ohren zog, »glaubst du nicht auch, dass ein Ferienlager für die geistige Entwicklung unserer Kinder vielleicht von Vorteil sein könnte?«

So geschah es also, dass wir Renana während der diesjährigen Schulferien bei Elisheva Holzer deponierten. Wir sagten uns, es könnte ihr nichts schaden. Sie würde Spaß haben, könnte mit Gleichaltrigen zusammen sein, würde sich anpassen, unabhängiger werden – kurz: weg von zu Hause.

Nicht, dass uns die kleine Renana etwa auf die Nerven ginge. O nein! Sie ist ein süßes kleines Mädchen, auch wenn sie nicht bereit ist, etwas anderes zu essen als ihre Fingernägel, sich weigert, vor Mitternacht ins Bett zu gehen, den ganzen Tag ihr Haar kämmt, weder Milch noch Grammatik mag, bei jedem unserer unauffälligen

Erziehungsversuche zu brüllen beginnt, mit Dingen um sich wirft und arabisch flucht …

Also brachten wir sie zu Elisheva Holzer. Wir taten es nur ihr zuliebe. Nur ihr Wohlergehen hatten wir im Auge und den nahöstlichen Friedensprozess im Allgemeinen. Anfangs hatten wir das schöne Feriencamp mit den bezaubernden Ponys erwogen, aber Elisheva Holzer lag näher.

Wir lieferten unsere Renana an Elishevas Tor ab und fuhren davon, ohne auch nur einen einzigen Blick durch den Rückspiegel zu riskieren. Mehr noch: Wir schworen einander hoch und heilig, uns während einer ganzen Woche nicht nach ihr zu erkundigen.

Erst als wir zu Hause ankamen, stürzte die beste Ehefrau von allen zum Telefon und fragte Frau Holzer, ob sich unser armes Küken mit seinem Schicksal abgefunden hätte, und überhaupt, wie es ihr gehe.

»Ich bin sicher, dass Ihr Kind hier sehr glücklich sein wird«, sagte Elisheva, »vorausgesetzt, dass die Kleine nicht ununterbrochen belästigt wird.«

Wir teilten den Holzer'schen Optimismus nur bedingt. Schließlich kannten wir den kleinen Satansbraten einige Zeit länger. Wir beneideten die Holzer nicht eine Sekunde.

»Also«, sagten wir uns, »sollen die beiden zusehen, wie sie zurechtkommen, die Holzer und unser Fratz.«

Zwei Tage vergingen. Dann kam die beste Ehefrau von allen mit einem genialen Vorschlag: Wir könnten doch ganz beiläufig an Elishevas Ferienlager vorbeifahren,

um einen Blick hineinzuwerfen. Ich hatte grundsätzlich nichts dagegen, und so begaben wir uns auf eine Erkundungsreise. In unseren Köpfen spukte die Vision von einem tränenüberströmten kleinen Mädchen und einer kurz vor dem Nervenzusammenbruch stehenden Holzer.

»Die arme Elisheva«, seufzte die beste Ehefrau von allen, »eigentlich ist sie doch eine sympathische Person.«

Die Realität ließ unsere Schreckensvision in Nichts zerstieben. Ein Blick über den Zaun zeigte uns eine Renana, die mit anderen Kindern im Gras kauerte und ein Buch las. Ein echtes Buch! Und sie blätterte es nicht nur missmutig durch, sie las darin. Und das zu einer Zeit, da im Fernsehen schon der Zeichentrickfilm begonnen hatte! Niemals – ich sage niemals – wäre so etwas zu Hause denkbar gewesen. Erschüttert brachen wir das Tor ein und liefen der Holzer direkt in die Arme. Sie drängte uns in eine Ecke.

»Das Kind passt sich an«, flüsterte sie, »warum stören Sie?«

»Verzeihen Sie«, sagten wir, »wir wollten nur wissen, wie Sie das Kind während des Trickfilms zum Lesen bringen.«

Wortlos führte uns Frau Holzer zu einer schwarzen Tafel, auf der ein »Tagesplan« verzeichnet war.

»Das Kind liest nicht«, belehrte sie uns mit einem herablassendem Lächeln. »Renana nimmt an einem ›Buch-Festival‹ teil. In Kürze werden wir uns dem Abendessen zuwenden.«

»Was«, keuchte meine Frau, »was gibt's denn zum Abendessen?«

»Verschiedene Milchspeisen.«

Milch! Wir konnten es nicht fassen. Um den Wahrheitsgehalt von Elishevas Behauptung zu überprüfen, blickten wir wieder auf die Tafel, und dort lasen wir weiß auf schwarz:

»Heute um 18.30 Uhr Beginn des großen Milch-Symposions und um 21 Uhr Startschuss zur Schlaf-Olympiade.«

»Um neun Uhr«, rief die beste Ehefrau von allen verdattert. »Sie geht, verdammt noch einmal, um ein Uhr zu Bett!«

Die Holzer hingegen lächelte nur. Wir überflogen das Programm des nächsten Tages. Es begann mit einem »Zahnputz-Konzert«, gefolgt von einem »Reinigungs-Trip«. Was uns den Rest gab, war ein »Grammatik-Hürdenlauf«, der gleich nach dem »Geschirrspül-Jamboree« stattfinden sollte.

»Madame«, ich verneigte mich tief vor Elisheva, »Sie sind ein Genie.«

»Na ja«, meinte sie, »so sagt man allgemein.«

Unsere Tochter hatte uns inzwischen erspäht. Fröhlich tanzte sie auf uns zu. Ihr Gesicht glühte vor penetranter Lebensfreude.

»Gleich gibt's Abendessen!«, jodelte sie. »Wiedersehn!«

Und weg war sie, um am »Fingernägel-Karneval« teilzunehmen. Das war ein gesellschaftliches Ereignis,

dessen besonderes Merkmal darin bestand, dass die Teilnehmer ihre Fingernägel mit der Schere zu schneiden hatten, anstatt sie ungekocht zu verzehren.

Ich spürte, wie die beste Ehefrau von allen an einem akuten Minderwertigkeitskomplex zu leiden begann. Mit Recht übrigens, die Holzer war eine meisterhafte Pädagogin.

Meine Frau wandte sich an die große Erzieherin:

»Fabelhaft! Ich bewundere Sie!«

Wir verabschiedeten uns. Am Tor fing uns Renana ab und zog unsere Köpfe zu sich herunter.

»Gestern«, kicherte sie selig in unsere Ohren, »gestern hatten wir um acht Uhr eine ›Licht-aus-Orgie‹!«

Um acht Uhr! Sie ist tatsächlich um acht Uhr ins Bett gegangen, diese kleine Schlange.

Auf der Heimfahrt war die Luft in unserem Wagen ein wenig stickig. Meine Frau schlug vor, Renanas Aufenthalt bei Elisheva Holzer drastisch abzukürzen, auf dass sie nicht Schaden nähme an Leib und Seele.

»Warum?«, fragte ich. »Sie scheint doch sehr glücklich zu sein.«

»Eben darum! Je glücklicher sie sich dort fühlt, desto niedergeschlagener wird sie zu Hause sein.«

Ich musste ihr Recht geben. Unsere Kleine würde die Heimkehr als schrecklichen Abstieg empfinden. Also beschlossen wir, die Beste und ich, der großen Holzer einige Ideen zu stehlen, um ihre Pädagogik-Gags auch zu Hause anzuwenden.

Als Renana am Vorabend des ersten Schultages an unseren Busen zurückkehrte, schloss sie sich zunächst einmal in ihrem Zimmer ein. Dort fand sie über dem Bett folgende Nachricht: »Hurra! Morgen gibt's eine Früh-Aufsteh-Fiesta und anschließend einen Wieder-zur-Schule-Marathon!«

Ihre Zimmertür öffnete sich und gemessenen Schrittes kam sie auf uns zu.

»He!«, sprach sie ihre Eltern an. »Wer hat diesen Blödsinn verzapft?«

»Das war Mami«, sagte ich mit öligem Lächeln, »wir haben nämlich beschlossen auch solche schöne Spiele und Partys zu veranstalten wie …«

»Zu Hause?« Renana zuckte die Achseln und ließ uns stehen. Wir verwarfen natürlich sogleich den Plan eines »Spinat-Kongresses«, und zum Abendbrot aß unsere Kleine, von einigen Fingernägeln abgesehen, so gut wie nichts.

Ich schlug der besten Ehefrau von allen vor, unsere Tochter das ganze Jahr bei Elisheva Holzer zu lassen, worauf mich meine Gattin einen Unmenschen nannte. Ich legte ihr nahe, an einem »Besenstiel-Rodeo« teilzunehmen, worauf sie etwas von einer »Idioten-Enquete« murmelte …

Was die Holzer betrifft, so haben wir sie immer schon für eine widerliche Ziege gehalten.

4

Wenn es sich nicht um ihre Kinder dreht, kann die beste Ehefrau von allen eine unerwartete Intelligenz an den Tag legen. Dann funktioniert ihr Denkapparat klug und rasch. Vielleicht ein bisschen mehr rasch als klug, aber was kann ich schon erwarten von einer Frau, die unbedingt mich zum Mann wollte? Es war gerade diese flinke Klugheit, oder wie immer wir das nennen wollen, in die ich mich kurz nach unserer überstürzten Heirat verliebt habe.

Dafür enthält unser Familienarchiv zahlreiche Dokumente.

Unser erstes Untermieter-Logis bezogen wir bei einer vornehmen alten Dame (im Folgenden kurz »Die Hexe« genannt), die sogar in ihrer eigenen Wohnung immer einen Hut aufhatte. Sie überreichte uns einen Schlüssel mit folgenden Verhaltensmaßregeln: In unserem Zimmer durfte nicht gekocht und im Badezimmer nicht gewaschen und heiß gebadet werden. Besuchern war es nicht gestattet, über Nacht zu bleiben, ferner durfte es kein Techtelmechtel geben, keine Schwangerschaft, ganz zu schweigen von Kindern, egal welcher Art und

Größe. Gestattet war nur eine Jahresmiete im Voraus, und das wär's.

Danke sehr.

Selbstverständlich übertraten wir freudigen Herzens jedes einzelne Gebot der Hexe. Wir kochten, wuschen Wäsche und badeten heiß. Wir techtelten etliche Mechtel und vermehrten uns sogar, ohne dass sie es merkte.

Wie wir das zuwege brachten?

Vor einiger Zeit stieß ich beim Durchstöbern vergilbter Familiendokumente auf ein Papier mit dem viel versprechenden Titel:

»DIE KUNST DES ÜBERLEBENS ALS UNTERMIETER«.

Meine Gefährtin hatte es verfasst, und es war seinerzeit in unserem Zimmer, mit ihrer Unterschrift versehen, als Lebenshilfe auf der Innenseite einer Truhe mit rostigen Reißnägeln befestigt gewesen.

Für das Überlisten unserer Hexe hatte meine humorvolle Gute unter anderem folgende Richtlinien erfunden:

§ 1 Koche unter dem Bett auf einer elektrischen Kochplatte, aber nur dann, wenn überall im Hause die Lampen an sind. Kontrolliert die Hexe den Stromzähler, kann sie nicht wissen, wem sich die Rädchen drehen.

§ 2 Drehst du den Heißwasserhahn im Badezimmer auf, achte darauf, dass du anschließend kaltes Wasser nachlaufen lässt. Du kannst Gift darauf nehmen,

dass die Hexe die Temperatur des Wasserhahns eigenhändig nachprüft.

§ 3 Dasselbe gilt für die Seife. Wenn du, wie nicht anders zu erwarten, ihre Seife reichlich benützt, trockne sie anschließend mit dem Handtuch ab.

§ 4 Schlage keinen Krach, wenn du entdeckst, dass die Hexe die Neigung hat, dein Zimmer und deinen Kleiderschrank leidenschaftlich durchzustöbern. Es ist kein Zufall, dass du keinen einzigen Schrankschlüssel hast. Lege einfach einen kleinen Zettel zwischen deine Unterhosen mit der Aufschrift: »Steck deine Nase nicht in fremde Dinge, du neugierige alte Jungfer!« Es wirkt prompt und spurlos.

§ 5 Will einer deiner taktlosen Freunde über Nacht bleiben, führe ihn unter lauten Streitgesprächen bis zur Haustür, öffne sie und schlage sie dann möglichst wütend wieder zu. Dann schleiche mit deinem Gast auf Zehenspitzen wieder zurück ins Zimmer. Am nächsten Morgen kann er an der Regenrinne hinunterrutschen oder die Wohnung auf allen vieren als Schäferhund verlassen.

§ 6 Hast du illegale Wäsche zu waschen, vergiss nicht, die Dusche aufzudrehen und dazu aus vollem Hals den Rakoczi-Marsch zu singen. Die Hexe wird annehmen, dass du eine kalte Dusche nimmst, denn bekanntlich singt kein Mensch unter einer heißen Brause (außer Untermieter bei Hexen).

§ 7 Was immer auch geschieht, verwende niemals und unter keinen Umständen das Toilettenpapier der Hexe. Es ist nummeriert.

§ 8 Räumst du in einer schwachen Stunde dein Zimmer auf, kehre den Staub niemals unter den Schrank. Dort wird er dem Hexenauge nicht verborgen bleiben. Kehr ihn vielmehr in eine Ecke, stell einen schwarzen Koffer darauf, und, wenn nötig, setze dich auf den Koffer.

Nicht schlecht für eine Amateurin, oder?

Es ist meine feste Überzeugung, dass es für jedes junge Paar von Vorteil wäre, etwa so wie wir oder weiland Hänsel und Gretel das Zusammenleben unter der Knute irgendeiner Hexe zu beginnen. Es ist sehr erzieherisch.

Die beste Ehefrau von allen hat allerdings im Laufe der Jahre selbst manche Angewohnheit einer Hexe angenommen, und zwar just zu jenem Zeitpunkt, als sie Besitzerin eines Hauses wurde. Plötzlich begann sie nämlich mit ihren Gästen umzugehen, als handelte es sich um Untermieter. Besonders dann, wenn es darum ging, ausdauernde Besucher loszuwerden. Auf diesem Gebiet hat sie sich zur internationalen Großmeisterin entwickelt.

Ich kann mich noch gut an den Abend erinnern, da die Spiegels sich nicht von der Stelle rührten, so als hätte sie jemand an die Lehnstühle geleimt. Mitternacht war längst vorbei, und ich fühlte mich zusehends dahinwelken, als die beste Ehefrau von allen mit einem Glas Wasser und zwei Aspirin erschien.

»Vergiss deine Pillen nicht, Ephraim«, sprach sie, »du weißt, was dir der Doktor gesagt hat. Genau zehn Minuten vor dem Schlafengehen zwei Tabletten ...«

Ein anderes Mal zog sie um 2.45 Uhr den Seligs zuliebe die Vorhänge auf, »um den Sonnenaufgang gemeinsam zu beobachten ...«

Den Feigenbaums ließ sie um 1.45 Uhr folgende Warnung zuteil werden:

»Schrecklich, diese Rowdys. Kein Mensch fühlt sich mehr sicher. Jede Nacht gegen 2 Uhr pflegen sie die Luft aus den Autoreifen zu lassen ...«

Aber die beste Ehefrau von allen übertraf sich selbst, als Professor M. B. Lefkowitz eines Nachts selbst um 3.05 Uhr noch keine Anstalten zum Aufbruch machte. Ich konnte meine Augen nur noch mittels zweier Finger offen halten. Plötzlich stand meine geniale Gattin auf, streckte sich herzhaft gähnend und verkündete:

»Es tut mir aufrichtig Leid, lieber Professor, aber jetzt müssen wir wirklich gehen. Es ist eine Schande, wie lange wir Sie wach gehalten haben.«

»Aber liebe gnädige Frau«, Professor Lefkowitz sprang verstört auf, »*ich* besuche doch *Sie*!«

»Mein Gott, wie dumm von mir«, entschuldigte sich meine Frau. »Sie wollen wirklich schon gehen, Professor, warum denn so eilig?«

Wie eingangs erwähnt, kann sie zuweilen eine verblüffende Intelligenz an den Tag legen, die beste Ehefrau von allen. Einige ihrer schnippischen Bonmots wurden sogar in den Familienannalen für kommende Generationen archiviert.

Anlässlich der überraschenden Heirat von Jacqueline und Onassis fragte zum Beispiel alle Welt nach den Hintergründen dieser Eheschließung. Meine Frau war

vermutlich die Einzige, die den wahren Grund erkannte:

»Onassis braucht eine Mutter für seine Enkelkinder.«

Bei unserer eigenen Eheschließung bewies die beste Ehefrau von allen nicht weniger Inspiration. Sie schmiegte sich an mich und flüsterte mir zärtlich ins Ohr: »Ich bin sicher, Ephraim, dass wir viele Kinder haben werden. Hoffentlich sind sie von einer Seite so hübsch wie ich und von der anderen Seite so klug wie ich.«

Manchmal offenbart sie auch ungeahnte philosophische Abgründe. Auf dem absoluten Tiefpunkt eines lustigen Purimfestes lamentierte ein steinreicher Gast, alles auf der Welt sei zu kaufen, außer Liebe.

Die beste Ehefrau von allen dachte kurz nach.

»Noch etwas ist nicht käuflich« sagte sie, »Neid.«

Sie platzt vor Lebenserfahrung, meine weise Beste.

Als die göttliche Vorsehung mich mit einem Nierenstein bedachte, wahrscheinlich, um mir eine Vorstellung von Geburtswehen zu geben, schenkte meine Frau ihm den Kosenamen Albert (geb. Einstein).

Aber wer kann schon alle Bonmots meiner Frau festhalten.

Ich.

So also werde ich von der überragenden Intelligenz der besten aller Ehefrauen gelenkt, belehrt und behütet. In ihrer Funktion als mein persönlicher Hofberater hat sie mich immer vor Pannen bewahrt. Moment: Habe ich »immer« gesagt?

Also nicht immer. Die beste Ehefrau von allen ist nämlich nicht nur meine Gattin, tief in ihrem Innersten ist sie

auch eine praktizierende Frau. Daraus folgt, dass es eine einzige ganz besondere Situation gibt, in der sie mir nicht für Beratungen zur Verfügung steht. Wo sie für mich und die Außenwelt völlig unerreichbar ist.

Dieser Fall tritt ein, wenn sie reibt.

Und zwar irgendeine Creme in ihr Gesicht.

Diese kosmetische Kulthandlung wird üblicherweise spät am Abend zelebriert. Sie hat den Zweck, ihren zarten Teint zu erhalten, zumindest für die wichtigen Nachtstunden. Noch nie in meinem Leben habe ich irgendjemand, tot oder lebendig, gesehen, der so tief in sich versunken ist wie die beste Ehefrau von allen, wenn sie sich diesem Ritual hingibt.

In so einem Fall ist ihr Spiegel wie eine Scheidewand zwischen uns und sie selbst unnahbar wie eine Löwin im Zoo zur Zeit der Fütterung. Es kann aber hin und wieder passieren, dass der Gatte meiner Frau nicht bis zum Ende der Creme-Orgie warten kann, weil er irgendein dringendes Problem mit ihr diskutieren möchte, bevor sie Schicht Nr. 4 aufträgt.

So geschah es auch in jener finsteren Nacht, als ich die Bilanz meines Lebens ziehen wollte, sowohl als Mensch wie auch als Künstler, als ich mich wog und zu leicht befand …

Dieses menschliche Drama wurde für die Nachwelt aufgezeichnet, auch wenn es sich als drittes Selbstplagiat in diesem Buch erweisen sollte. Ich füge diese Geschichte ausschließlich zur Ernüchterung der neuen Bewunderer der besten Ehefrau von allen ein.

Ich liege voll angekleidet auf meiner Couch. Hell leuchtet die Lampe über meinem Kopf. Und in diesem Kopf jagen einander die wildesten Gedanken.

Vor dem Spiegel am anderen Ende des Zimmers sitzt die beste Ehefrau von allen und krümmt sich. Das tut sie immer, wenn sie ganz genau sehen will, was sie tut. Jetzt eben bedeckt sie ihr Gesicht mit Bio-Placenta-Creme, diesem bekanntlich wunderbaren Mittel zur Regenerierung der Hautzellen. Ich wage nicht, sie zu stören. Noch nicht.

Für einen schöpferischen Menschen meines Alters kommt unweigerlich die Stunde der Selbsterkenntnis. Seit Wochen, nein, seit Monaten bedrängt mich ein grausames Dilemma. Ich kann es allein nicht bewältigen. Einen Schritt, der über den Rest meines Lebens entscheiden wird, muss ich mit jemandem besprechen. Wozu bin ich verheiratet? Ich gab mir einen Ruck.

»Liebling«, sagte ich mit ganz leicht zitternder Stimme, »ich möchte mich mit dir beraten. Bitte reg dich nicht auf und zieh keine voreiligen Schlüsse. Also. Seit einiger Zeit habe ich das Gefühl, dass ich am Ende meiner kreativen Laufbahn angelangt bin und dass es besser wäre, wenn ich mit dem Schreiben Schluss mache. Oder zumindest für ein paar Jahre pausiere. Was ich brauche, ist Ruhe, Sammlung und Erholung. Vielleicht geht's dann wieder ... Hörst du mir zu?«

Die beste Ehefrau von allen bedeckte ihr Gesicht mit eine neuen Lage Bio-Placenta und schwieg.

»Was rätst du mir?«, fragte ich zaghaft und dennoch eindringlich. »Sag mir die Wahrheit.«

Jetzt wandte sich die Bio-Placenta-Konsumentin um, sah mich lange an und seufzte.

»Ephraim«, sagte sie, »wir müssen etwas für die Klassenlehrerin kaufen. Sie wird nach Beer-Schewa versetzt und fährt Ende der Woche weg. Es gehört sich, dass wir ihr ein Abschiedsgeschenk machen.«

Das war, genau genommen, keine befriedigende Antwort auf meine Schicksalsfrage. Und darüber wollte ich Madame nicht im Unklaren lassen.

»Warum hörst du mir eigentlich niemals zu, wenn ich etwas Wichtiges mit dir besprechen will?«

»Ich habe dir genau zugehört.« Über die Bio-Placenta-Schicht lagerte sich eine ziegelrote Salbe. »Ich kann mich an jedes Wort erinnern, das du gesagt hast.«

»Wirklich? Was habe ich gesagt?«

»Du hast gesagt: Warum hörst du mir eigentlich niemals zu, wenn ich etwas Wichtiges mit dir besprechen will? Wirklich? Was habe ich gesagt?«

»Stimmt. Und warum hast du mir nicht geantwortet?«

»Weil ich nachdenken muss.«

Das hatte etwas für sich. Es war ja schließlich kein einfaches Problem, mit dem ich sie da konfrontierte.

»Glaubst du«, fragte ich vorsichtig, »dass es sich vielleicht nur um eine vorübergehende Lustlosigkeit handelt, die ich aus eigener Kraft überwinden könnte? Eine schöpferische Pause, sozusagen?«

Keine Antwort.

»Hast du mich verstanden?«

»Natürlich habe ich dich verstanden. Ich bin ja nicht

taub. Eine schöpferische Pause aus eigener Kraft überwinden, oder so ähnlich.«

»Nun?«

»Wie wär's mit einer Bonbonniere?«

»Wieso?«

»Das schaut nach etwas aus und ist nicht übermäßig teuer, findest du nicht auch?«

»Ob ich's finde oder nicht – mein Problem ist damit nicht gelöst, Liebling. Wenn ich für ein bis zwei Jahre zu schreiben aufhöre, oder vielleicht für drei – womit soll ich mich dann beschäftigen? Womit soll ich das intellektuelle Vakuum ausfüllen, das in mir entstehen wird? Womit?«

Jetzt wurden die cremebedeckten Wangen einer Reihe von leichten Massage-Schlägen ausgesetzt, aus deren Rhythmus man mit ein wenig Fantasie das Wort »Klassenlehrerin« heraushören konnte.

»Hörst du mir zu?«, fragte ich abermals.

»Frag mich nicht ununterbrochen, ob ich dir zuhöre. Natürlich höre ich dir zu. Was bleibt mir schon übrig. Du sprichst ja laut genug.«

»So. Und wovon habe ich jetzt gesprochen?«

»Von der Beschäftigung mit einem Vakuum, das du intellektuell ausfüllen willst.«

Sie hat tatsächlich jedes Wort behalten. Ich nahm den Faden wieder auf.

»Vielleicht sollte ich's mit der Malerei versuchen? Oder mit der Musik? Nur für den Anfang. Gewissermaßen als Übergang.«

»Ja, meinetwegen.«

»Ich könnte natürlich auch auf die Wasserbüffel-Jagd gehen oder Reißnägel sammeln.«

»Warum nicht.«

Ein Löschpapier über die ziegelrote Creme, künstliche Wimpern unter die Augenbrauen, und dann ihre Stimme:

»Man muss sich das genau überlegen.«

Darauf wusste ich nichts zu sagen.

»Warum sagst du nichts, Ephraim?«

»Meiner Meinung nach ist es höchste Zeit, die Leiche unserer Waschfrau auszugraben und sie in den grünen Koffer zu sperren. Hast du mir zugehört?«

»Die Leiche der Waschfrau in den Koffer sperren.«

So leicht ist meine kleine Frau nicht zu beeindrucken. Jetzt bürstet sie mit einem winzigen, selbstverständlich aus dem Ausland importierten Bürstchen ihre Augenlider. Ich unternehme einen letzten Versuch.

»Wenn sie kinderlieb ist, die Bienenkönigin, dann könnten wir ihr ein Zebrapony schenken.«

Auch das ging ins Leere. Meine Gesprächspartnerin stellte das Radio an und sagte:

»Keine schlechte Idee.«

»In diesem Fall«, schloss ich ab, »laufe ich jetzt rasch hinüber zu meiner Lieblingskonkubine und bleibe über Nacht bei ihr.«

»Ja, ich höre. Du bleibst über Nacht.«

»Also?«

»Wenn ich's mir richtig überlege, kaufen wir ihr doch besser eine Vase als eine Bonbonniere. Lehrerinnen lieben Blumen.«

Damit verfügte sich die beste Ehefrau von allen ins Badezimmer, um sich von der Gesichtspflege zu reinigen.

Ich werde wohl noch eine Zeit lang schreiben müssen.

Die beste Ehefrau von allen hat in meinem geistigen Leben einen unumstößlichen Stammplatz. Immer wenn ich mit Problemen konfrontiert werde oder wenn ich wieder einmal einen der vielen Rubikons meines Lebens überschreiten muss, mache ich von ihrer weiblichen Logik dankbar Gebrauch.

Als mich beispielsweise unsere Regierung einlud, als eine Art stellvertretender Minister zu fungieren, redete sie mir diese Einladung mit folgenden stichhaltigen Argumenten aus.

»Hör zu, Ephraim«, sprach sie, »der Posten des Ministers ist überhaupt nichts für dich. Erstens bist du nicht senil genug und zweitens hast du irgendwo den Funken einer Führernatur, der sich störend auswirken könnte. Was die übrigen Ministerqualifikationen betrifft, so könnte man dich eventuell als Kandidaten betrachten, aber so Leid es mir tut, dies feststellen zu müssen, es hat keinen Sinn. Ich will einfach nicht, dass du Minister wirst.

Der Posten ist voller Fallstricke. Zum Beispiel: In all deinen Dokumenten steht als Beruf ›Schriftsteller‹. Jetzt frage ich dich, wer hat die Nerven, von einem Amt zum anderen zu laufen, um das auf ›Minister‹ ändern zu lassen? Ferner müssten wir sämtliche Opernpremieren ab-

sitzen, die unter deiner Schirmherrschaft stattfinden. Wenn du dort wieder einschläfst, müsste ich deinen Adjutanten aufwecken, damit er dich vorsichtig wachrüttelt. Und das Unangenehmste: Wir müssten dein Haar dunkel färben, und das ist bei deinem Alter ein unangenehmer Gedanke.

Ganz zu schweigen von persönlichen Beziehungen. So, wie ich unsere Presse kenne, würden sie spätestens nach drei Monaten täglich schreiben, dass es ein fataler Fehler war, dich zum Minister zu machen. ›Mag sein, dass er ein guter Humorist ist‹, würde in den Leitartikeln stehen, ›aber er ist zweifellos ein lausiger Staatsbeamter.‹ Jetzt frage ich dich, wozu brauchst du das? Denk an dein Auftreten in der Öffentlichkeit. Du kennst doch unseren Popcorn kauenden Pöbel. Ich bin sicher, dass sie bei jedem dahergelaufenen Fußballstar wie wild zu applaudieren beginnen würden, bei dir aber würde sich kaum eine Hand rühren. Nein, mein lieber Ephraim, das ist kein Geschäft für dich.

Du würdest es auch nicht aushalten, von jedem ausländischen Diplomaten ›Euer Exzellenz‹ tituliert zu werden. Sogar wenn du's aushalten würdest, *ich* könnte mir sicherlich nicht das Lachen verbeißen. Und wenn Präsident Sadat dich einmal privat unter vier Augen fragen würde: ›Sag mal, Ephraim, denkst du überhaupt daran, jemals von Jerusalem wegzuziehen?‹, würdest du nicht wissen, was du antworten sollst, weil du sofort rot wirst, wenn du lügst. Aus demselben Grund könntest du auch bei Wirtschaftskonferenzen niemals über den bevorstehenden Konjunkturaufschwung re-

den. Und wie in aller Welt könntest du je dem bolivianischen Präsidenten zu seiner glücklichen Genesung gratulieren, wenn du ihn nicht einmal kennst, und wo ist überhaupt Bolivien?

Sie sollen dich mit solchen Anträgen in Ruhe lassen.

Ich bin auch nicht bereit, wegen deiner öffentlichen Tätigkeit unser glückliches Familienleben aufs Spiel zu setzen. Ich müsste verschiedene sinnlose Dinge tun, wie zum Beispiel das Patronat für den Kampf gegen die Jugendkriminalität übernehmen. Auch ohne solche Nebenbeschäftigungen komme ich nicht dazu, anständiges Obst einzukaufen. Wenn ich einmal damit beginne, diese Früchtchen auf den rechten Weg zu führen, kannst du sicher sein, dass wir einen leeren Kühlschrank haben werden. Ich habe auch nicht das leiseste Interesse daran, eine Stunde und sechsundzwanzig Minuten mit der belgischen Königinmutter zu diskutieren. Erna Selig kann ich auch nicht riechen, aber wenn sie mir auf die Nerven geht, bin ich in der Lage jederzeit das Gespräch abzubrechen, weil sie nur Mutter und nicht Königin ist. Und warum solltest du vor der Weltkonferenz der vereinigten Zionistinnen Vorträge halten und dich bemühen die delegierten Damen von deinem Charme zu überzeugen, wenn du, wie jeder weiß, nicht für Weiber mit den Maßen 93-93-93 schwärmst. Wir brauchen auch kein rotes Telefon neben unserem Bett mit einem direkten Draht zur Parteizentrale. In der Nacht möchte ich ruhig schlafen können.

Und solltest du einmal im Fußballtoto gewinnen, würden alle Leute sofort irgendwelche finsteren Ma-

chenschaften vermuten. Es gäbe nur einen einzigen Anlass für dich, Minister zu werden: Du wünschst dir doch einen Literaturpreis. Andererseits würdest du es sicherlich nicht sehr genießen, deinen Namen auf alle möglichen Hauswände geschmiert zu sehen, noch dazu mit wenig schmeichelhaften Adjektiva versehen. Wir kennen schließlich deine Schwächen. Warum solltest du mit ihnen in die Öffentlichkeit gehen?

Glaube mir, es hat keinen Sinn. Ich will auch nicht sehen müssen, wie du die rosigen Wangen kleiner Mädchen küsst, die dir zu allen möglichen und unmöglichen Gelegenheiten Blumen überreichen. Du und ich, wir lieben unsere Kinder, alle anderen haben selbst Eltern, die sich um sie kümmern sollten. Und ich seh dich auch nicht die Patenschaft für irgendein Zehntgeborenes übernehmen, weil du bekanntlich bei Beschneidungen ohnmächtig wirst. Ich habe auch kein Interesse daran, dass du dich mit irgendwelchen Bauern über die diesjährige Ernte unterhältst. Du weißt, tief in meinem Inneren lehne ich jede Form von Regen ab, weil sich unsere Besucher niemals die schmutzigen Schuhe abputzen.

Und die ganze Zeit würden unsere besten Freunde Wetten abschließen, wer der nächste Minister wird, während du noch Minister bist.

Nein, mein lieber Ephraim. Ich bin den Leuten sehr dankbar, die dir diesen Posten angeboten haben, aber du bist noch nicht reif dafür. Bis auf weiteres werden sie ohne dich auskommen müssen. Gib nicht nach. Wenn sie unbedingt im Kabinett den Namen Kishon haben wollen, dann empfiehl ihnen deine Frau.«

5

Bei Sonnenuntergang sitzt die beste Ehefrau von allen stundenlang vor dem Spiegel, nicht etwa weil sie, Gott behüte, die lebenswichtigen Vitamine ihrer dubiosen Salben so dringend benötigt. Der wahre Grund ist vielmehr, dass sie, wie jede kluge Frau, die ich kenne, ihre weibliche Schönheit sehr ernst nimmt.

Kein Zweifel, sie ist hübsch, meine Beste. Wenn sie einen guten Tag hat, oder besser gesagt einen guten Abend, wenn ein samtweiches Licht vorherrscht und sie ein Nachmittagsschläfchen hinter sich hat, wenn die Raumpflegerin da war und meine Frau Zeit hatte sich die Haare zu waschen, wenn ich meinerseits zu alledem noch einige Aperitifs in mir und irrtümlicherweise meine Lesebrille aufhabe – kurz, wenn alle diese notwendigen Vorbedingungen erfüllt sind, dann bin ich, ihr ureigenster Gatte, jederzeit in der Lage, mich wieder Hals über Kopf, oder zumindest über beide Ohren, in sie zu verlieben.

Die beste Ehefrau von allen ist von Natur aus sehr lebenslustig. Obwohl ihre Chancen, innerhalb unseres Ehealltags ihrer Lebenslust zu frönen, eher klein sind.

Sie selbst ist übrigens auch ziemlich klein.

Wäre sie ein kleines bisschen größer geraten – etwa eine Winzigkeit von, sagen wir, dreißig Zentimetern –, hätte aus ihr vielleicht eine der Pompadours der modernen Geschichte werden können. Oder, wie sie es selbst zu formulieren beliebt, eine gefährliche »Courtisane forte«, was immer das ist. Hin und wieder scheint also mangelnde Körpergröße auch ein Vorteil zu sein.

Wie dem auch sei, wenn es nach ihr ginge, würde sie liebend gern an wilden Orgien teilnehmen, würde hemmungslos mit Trägern von Lesebrillen flirten und bis zum Anbruch des hellen Tages oder zum Abbruch der hohen Stöckel tanzen. Was der Verwirklichung dieser bescheiden legitimen Gelüste im Wege steht, ist die Tatsache, dass es im Staat der Juden zwar viele Partys gibt, aber keine davon ist wild oder gar unzüchtig. Niemand flippt aus, und Spaß wird, wenn überhaupt, klein geschrieben. Im Hebräischen gibt es ohnehin keine Großbuchstaben.

Diese tristen Landessitten können, wie jede andere Einschränkung, auf historische Wurzeln zurückgeführt werden und sind schon im Buch Esther des Alten Testaments ausführlich beschrieben worden.

Vor vielen, vielen Jahren, wie man weiß oder wissen sollte, brachten nämlich die Juden etwa tausend altpersische Antisemiten um und hängten Haman, deren Führer, an einen Baum. Dieser einmalige Konterpogrom ist der Anlass zum Purim, unserem alljährlich wiederkehrenden Schadenfreudenfest.

Die Chronik berichtet, dass der Kostümball, der damals am königlichen Hofe veranstaltet wurde, besonders gelungen war. Königin Esther, die jüdische Heldin der Festspiele, erschien in schwarzem Trikot und ebensolchen Netzstrümpfen, während sich ihr Onkel Mordochai als Verkehrspolizist verkleidet hatte. Aber auf die Dauer soll das Ganze nicht sehr lustig gewesen sein, und so trollte man sich nach einiger Zeit still von dannen.

Viele Jahre der Diaspora gingen ins Land, aber das Purim-Gesetz wurde strengstens befolgt. Unsere Vorväter verkleideten sich als Haman der Verkehrspolizist, unsere Vormütter hingegen als Königin Esther im schwarzen Trikot und gelegentlichen Netzstrümpfen. Sie tranken Wein und sangen und tanzten bis zum Morgengrauen, aber die Umstände wollten es, dass niemand wirklich Spaß an der Sache hatte, man war vielmehr ziemlich niedergeschlagen, und das mit Recht.

Der große Wendepunkt kam im Jahre 1948 mit der Geburt des Judenstaates. Die junge Nation feierte zum ersten Mal ein Purimfest in voller Freiheit. Die Männer verkleideten sich feierlich als Verkehrspolizisten, und die Frauen schlüpften in schwarze Trikots. Mehr noch, Judith Glück, die Frau des gleichnamigen Ingenieurs, sprang in ihren Netzstrümpfen auf den Tisch und vollführte einige hemmungslose Tänze. Endlich, endlich konnte man im ganzen Land richtig Spaß haben. Um es ehrlich herauszusagen, nicht wirklichen Spaß, aber immerhin. Es war kurz nach Mitternacht, als die Stimmung etwas gedrückt wurde, die Straßen leerten sich, und die Leute schlichen stumm und deprimiert nach Hause.

In den Jahren danach sollte eine Wendung zum Besseren eintreten. Die Kostüme wurden fantasievoller. Wir, die Ehemänner, zogen königliche Pyjamas über unsere Verkehrspolizistenuniformen, während unsere Frauen in Trikots und Netzstrümpfe schlüpften, in Schwarz. Ich selbst wurde zu mehreren Partys eingeladen, aber irgendwie geschah es, dass ich immer neben diesem netten Ingenieur Glück zu sitzen kam, der merkwürdigerweise bei jeder Party in der Stadt benötigt wurde. Wir sangen und tanzten im kuscheligen Halbdunkel, aber der Spaß war kein echter Spaß, wirklich nicht. Einige brachen in Tränen aus, während andere in tiefe Melancholie verfielen.

Im Mai 1960, wenn ich mich recht erinnere, unterbrach ein Rechtsanwalt, der als Verkehrspolizist verkleidet war, das hemmungslose Tischballett der Frau Ingenieur Glück und rief mit bitterer Stimme zu ihr empor:

»Netzstrümpfe«, dröhnte er, »sind nichts Abendfüllendes!«

Wir begaben uns alsbald in die Küche und diskutierten über dieses Phänomen bis zur letzten Konsequenz. Wir Juden sind ein Volk wie andere Völker und haben auch das Recht auf eine obrigkeitsgesteuerte Karnevalsatmosphäre. Trotzdem, wenn ich die Purimfeste, die ich während der letzten 25 Jahre besucht habe, vor meinem geistigen Auge Revue passieren lasse, fällt mir nur ein einziges ein, das als echter Erfolg bezeichnet werden darf. Vielleicht lag das daran, dass auf dem Höhepunkt der Party Judy Glück in ihren hübschen Netzstrümpfen auf den Tisch sprang und einen hemmungslosen Tanz

vollführte, den wir alle mit jugendlichem Schwung und rhythmischem Händeklatschen begleiteten.

Aber wirklichen Spaß machte das Ganze doch nicht. Im Gegenteil, um 1.30 Uhr waren wir völlig verzweifelt. Unser Gastgeber verschwand im Badezimmer und erhängte sich an der Dusche, aber das Seil war zu lang, und er überlebte. Es war eigentlich eine der miesesten Partys, die ich je erlebt habe.

»Weil wir noch keine wirkliche Volksfesttradition besitzen«, meinte eine Kindergärtnerin in Trikot und Netzstrümpfen. Manche behaupten, dass wir von Natur aus ein pessimistisches Volk sind. Wir gehen am Vorabend des Purimfestes müde, abgespannt und gereizt zu Bett, und am Morgen des Feiertages rollen wir uns verquollen und aufgedunsen aus den Federn, um einige Tranquilizer zu schlucken.

Wir haben auch noch nicht gelernt, wie man Schnaps hinter die Binde gießt. Jedes Getränk, das etwas stärker ist als Orangensaft, wirft uns um.

Glück, der viel begehrte Ingenieur, gestand mir in einem Augenblick der Schwäche, dass er immer vor Purim von wilder Verzweiflung gepackt wird. Er pflegt in hysterisches Schluchzen auszubrechen, wann immer er allein gelassen wird, und seine Frau steht vor jedem einzelnen Fest unter medizinischer Kontrolle.

»Die Juden sind ein seltsames Volk«, sagte einer der Gäste, ein Verkehrspolizist von Beruf, der sich die Verkleidung ersparen konnte. »Fordert man uns auf fröhlich zu sein, sind wir traurig. Sagt man uns, dass wir traurig sein sollen, dann sind wir es auch.«

Das schien uns sehr vernünftig.

Trotzdem, es ist doch falsch zu behaupten, dass wir niemals Spaß haben. Natürlich gibt es Spaß, aber er ist nicht echt. Oder vielleicht ist er manchmal echt, aber dann ist es wieder kein Spaß.

In diesem Jahr war Purim so wie immer, nur noch viel mehr. Ich verkleidete mich als Verkehrsfachmann und die beste Ehefrau von allen als babylonische Tempeltänzerin in irgendeinem schwarzen Trikot. Wir tanzten im Disco-Rhythmus die Hora. Judith Glück sprang auf den Tisch, aber mittendrin brach sie in Tränen aus:

»Ich kann nicht mehr«, schluchzte die arme Frau. »Ich kann nicht!«

Unsere Stimmung sank unter Null. Ich streichelte die schwarzen Netzstrümpfe meiner Allerbesten:

»Tempeltänzerin«, fragte ich sie, »macht's dir Spaß?«

»Nicht wirklich«, antwortete die beste Ehefrau von allen. »Ich glaube, wir sollten eines Tages der Realität ins Auge sehen und Purim zum Volkstrauertag erklären.«

So also ist das bei uns mit offiziellen Feiertagen. Es gibt überhaupt nur ein einziges rot angestrichenes Datum, das den Israeli aus seiner Tristesse befreien kann, und das ist erstaunlicherweise das Neujahrsfest der Nichtjuden. Nicht wegen meiner zionistisch bedingten russischen Vorteile finde ich das seltsam, sondern deshalb, weil weder Neujahr noch Silvester für uns irgendeine Bedeutung haben können.

Wir Juden führen unsere eigene Zeitrechnung, die spätestens mit der Schöpfung der Welt beginnt, und wir

haben daher auch unseren eigenen Neujahrstag. Er heißt Roschha-Schana und findet zufällig im Oktober statt. Daraus folgt, dass der 31. Dezember für uns ein Arbeitstag wie jeder andere ist, oder sein sollte.

Wenn also ein snobistischer Schwachkopf fremde Sitten nachäffen und am Silvesterabend unbedingt feiern will, dann muss er dies in der stillen Abgeschiedenheit seiner Wohnung tun, oder besser noch, in der seines Nachbarn. Das ist übrigens genau das, was die halbe Bevölkerung Israels auch tut.

Da Silvester im Gedanken an den Papst gleichen Namens zelebriert wird, feiern wir dieses Fest mehr oder weniger unter dem Tisch, mit dem Ergebnis allerdings, dass sich jedermann in diesem Untergrund sauwohl fühlt und aus Leibeskräften jubiliert. Ein weiterer Vorteil einer Silvesterparty ist, dass man sich dafür nicht verkleiden muss. Man geht hin, wie man eben ist, basta.

Dieses Wie-man-eben-ist ist natürlich reine Theorie. In der Praxis ist eine Neujahrsparty mit all ihren Glaubens- und Kleidungsfreiheiten eine teuflische Falle für jeden israelischen Gatten. Wie erwähnt, jede unserer Ehefrauen weiß, was sie zum Purimfest zu tragen hat (ein enges schwarzes Trikot beispielsweise und eine Netzstrumpfhose). Aber, was zum Teufel, trägt man bei einer Party, die keine Kostüme vorschreibt?

Was trägt man, wozu trägt man, und wie lange erträgt man es, um Himmels willen?

Mein Lösungsvorschlag zu diesem hochgeistigen Problem wurde von einigen Jahren in einer Zeit- und Bewegungsstudie dargelegt, die niemals unaktuell wer-

den kann, solange es auf der Welt Ehefrauen gibt sowie Gatten und Modeschöpfer und kleine Spiegel.

Außerdem stellt dies – was soll ich machen? – Selbstplagiat Nr. 4 dar. Aber wer zählt schon?

»Ephraim!«, rief die beste Ehefrau von allen aus dem Nebenzimmer. »Ich bin beinahe fertig!«

Es war halb neun und der 31. Dezember. Meine Frau saß seit Einbruch der Dämmerung vor dem kleinen Spiegel ihres Schlafzimmers, um für die Silvesterparty, die unser Freund Tibi zu Ehren des gregorianischen Kalenders veranstaltete, Toilette zu machen. Die Dämmerung bricht am 31. Dezember kurz nach drei Uhr nachmittags ein. Aber jetzt war sie beinahe fertig, meine Frau. Es sei auch Zeit, sagte ich, denn wir haben Tibi versprochen spätestens um zehn Uhr bei ihm zu sein.

Mit einer Viertelstunde Verspätung rechne ein Gastgeber sowieso, replizierte die beste Ehefrau von allen, und eine weitere Viertelstunde würde nicht schaden. Silvesterpartys seien am Anfang auch immer stimmungslos, die Atmosphäre entwickle sich erst nach und nach. Und überdies, so schloss sie, wisse sie noch immer nicht, welches Kleid sie nehmen solle. Lauter alte Fetzen. »Ich habe nichts anzuziehen«, sagte die beste Ehefrau von allen.

Sie sagt das bei jeder Gelegenheit, gleichgültig wann und zu welchem Zweck wir das Haus verlassen. Dabei kann sie die Türe ihres Kleiderschranks kaum noch ins Schloss pressen, denn er birst vor lauter Garderobe. Dass Bemerkungen wie die oben zitierte dennoch zum

Wortschatz ihres Alltags gehören, hat einen anderen Grund: Sie will mir zu verstehen geben, dass ich meinen Unterhaltspflichten nicht genüge. Ich meinerseits, das gebe ich gerne zu, verstehe nichts von Frauenkleidern. Ich finde sie entsetzlich, alle ohne Ausnahme. Dessen ungeachtet schiebt meine Frau die Entscheidung, was sie heute anziehen soll, jedes Mal auf mich ab.

»Ich könnte das glatte Schwarze nehmen«, erwog sie jetzt. »Oder das hochgeschlossene Blaue.«

»Ja«, sagte ich.

»Was ja? Also welches?«

»Das Hochgeschlossene.«

»Passt zu keiner Silvesterparty. Und das Schwarze ist zu feierlich. Wie wär's mit der weißen Seidenbluse?«

»Klingt nicht schlecht.«

»Aber wirkt eine Bluse nicht zu sportlich?«

»Eine Bluse sportlich? Keine Spur!«

Eilig sprang ich herzu, um ihr beim Zuziehen des Reißverschlusses behilflich zu sein und einer neuerlichen Meinungsänderung vorzubeugen. Während sie nach passenden Strümpfen Ausschau hielt, zog ich mich ins Badezimmer zurück und rasierte mich.

Es scheint ein elementares Gesetz zu sein, dass passende Strümpfe niemals paarweise auftreten, sondern immer in Unikaten. So auch hier. Von den Strümpfen, die zur Bluse gepasst hätten, war nur ein Einziger vorhanden, und zu den Strümpfen, von denen ein Paar vorhanden war, passte die Bluse nicht. Folglich musste auf die Bluse verzichtet werden. Die Suche unter den alten Fetzen begann von vorne.

»Es ist zehn Uhr vorbei«, wagte ich zu bemerken. »Wir kommen zu spät.«

»Wenn schon. Dann versäumst du eben ein paar von den abgestandenen Witzen, die deine Freunde immer erzählen.«

Ich stand fix und fertig da, aber meine Frau hatte die Frage »Perlmutter oder Silber« noch nicht entschieden. Von beiden Strumpfgattungen gab es je ein komplettes Paar, und das erschwerte die Entscheidung. Vermutlich würde sie bis elf Uhr nicht gefallen sein.

Ich ließ mich in einem Fauteuil nieder und begann die Tageszeitungen zu lesen. Meine Frau suchte unterdessen nach einem zu den Silberstrümpfen passenden Gürtel. Den fand sie zwar, fand aber keine Handtasche, die mit dem Gürtel harmonierte.

Ich übersiedelte an den Schreibtisch, um ein paar Briefe und eine Kurzgeschichte zu schreiben. Auch für einen längeren Essay schwebte mir bereits ein Thema vor.

»Fertig!«, ertönte von nebenan die Stimme meiner Frau. »Bitte hilf mir mit dem Reißverschluss!«

Manchmal frage ich mich, was die Frauen täten, wenn sie keine Männer als Reißverschlusshelfer hätten. Wahrscheinlich würden sie dann nicht auf Silvesterpartys gehen. Meine Frau hatte einen Mann als Reißverschlusshelfer und ging trotzdem nicht. Sie setzte sich vor den Spiegel, schmückte sich mit einem schicken Nylonfrisierumhang und begann an ihrem Make-up zu arbeiten. Erst kommt die flüssige Teintgrundlage, dann Puder. Die Augen sind noch unberührt von Wimperntusche. Die schweifen umher und hoffen auf Schuhe zu

stoßen, die zur Handtasche passen würden. Das eine Paar in Beige ist leider beim Schuster, die schwarzen mit den hohen Absätzen sind wunderschön, aber nicht zum Gehen geeignet, die mit den niedrigen Absätzen sind zum Gehen geeignet, aber sie haben niedrige Absätze.

»Es ist elf«, sagte ich und stand auf. »Wenn du noch nicht fertig bist, gehe ich allein.«

»Schon gut, schon gut! Warum die plötzliche Eile?«

Ich bleibe stehen und sehe, wie meine Frau den Nylonumhang ablegt, weil sie sich nun doch für das schwarze Cocktailkleid entschieden hat. Aber wo sind die dazugehörenden Strümpfe?

Um halb zwölf greife ich zu einer schon in unserer Untermieterperiode praktizierten List. Ich gehe mit weithin hörbaren Schritten zur Wohnungstüre, lasse eine wütenden Abschiedsgruß erschallen, öffne die Türe und schlage sie krachend zu, ohne jedoch die Wohnung zu verlassen. Dann drücke ich mich mit angehaltenem Atem an die Wand und warte.

Nichts geschieht. Es herrscht Stille.

Eben. Jetzt hat sie den Ernst der Lage erkannt und beeilt sich. Ich habe sie zur Raison gebracht. Ein Mann muss gelegentlich auch seine Souveränität hervorkehren können.

Fünf Minuten sind vergangen. Eigentlich ist es nicht der Sinn der Silvesternacht, dass man sich in einem dunklen Vorzimmer reglos an die Wand presst.

»Ephraim! Komm und zieh mir den Reißverschluss zu!«

Nun, wenigstens hat sie sich jetzt endgültig für die Seidenbluse entschieden (am schwarzen Kleid war eine Naht geplatzt). Sie ist auch schon im Begriff die Strümpfe zu wechseln. Perlmutter oder Silber.

»So hilf mir doch ein bisschen, Ephraim! Was würdest du mir raten?«

»Dass wir zu Hause bleiben und schlafen gehen«, sagte ich, entledigte mich meines Smokings und legte mich ins Bett.

»Mach dich nicht lächerlich. In spätestens zehn Minuten bin ich fertig.«

»Es ist zwölf Uhr. Das neue Jahr hat begonnen. Mit Orgelton und Glockenschlag. Gute Nacht.« Ich drehte die Bettlampe ab und schlief ein. Das Letzte, was ich im alten Jahr noch gesehen habe, war meine Frau, die sich vor dem Spiegel die Wimpern tuschte im Nylonumhang. Ich hasste diesen Umhang, wie noch kein Umhang je gehasst wurde. Der Gedanke an ihn verfolgte mich bis in den Schlaf. Mir träumte, ich sei der selige Charles Laughton, und zwar in der Rolle König Heinrichs VIII. Sie erinnern sich, sechs Frauen hat er köpfen lassen. Eine nach der anderen wurde unter dem Jubel der Menge zum Schafott geführt, eine nach der anderen bat um die letzte Gunst, sich noch einmal im Nylonumhang zurechtmachen zu dürfen …

Nach einem tiefen, wohltätigen Schlummer erwachte ich im nächsten Jahr. Die beste Ehefrau von allen saß in einem blauen, hochgeschlossenen Kleid vor dem Spiegel und pinselte sich die Augenlider schwarz. Eine große innere Schwäche kam über mich.

»Ist dir klar, mein Junge«, hörte ich mein Unterbewusstsein wispern, »dass du eine Irre zur Frau hast?«

Ich sah nach der Uhr. Es ging auf halb zwei. Mein Unterbewusstsein hatte Recht: Ich war mit einer Wahnsinnigen verheiratet. Schon zweifelte ich an meiner eigenen Zurechnungsfähigkeit. Mir war zumute wie den Verdammten in Sartres »Bei geschlossenen Türen«. Ich war zur Hölle verdammt, ich war in einen kleinen Raum gesperrt, mit einer Frau, die sich ankleidete und auskleidete und ankleidete und auskleidete für immer und ewig ...

Ich fürchte mich vor ihr. Jawohl, ich fürchte mich. Eben jetzt hat sie begonnen, eine Unzahl von Gegenständen aus der großen schwarzen Handtasche in die kleine schwarze Handtasche zu tun und wieder in die große zurück. Sie ist beinahe angekleidet, auch ihre Frisur steht beinahe fest, es fragt sich nur noch, ob die Stirn frei bleiben soll oder nicht. Die Entscheidung fällt zugunsten einiger Haarsträhnen, die über die Stirn verteilt werden. So schwinden nach längerer Betrachtung die letzten Zweifel, dass eine freie Stirne doch besser wirkt.

»Ich bin fertig, Ephraim! Wir können gehen.«

»Hat das denn jetzt überhaupt noch einen Sinn, Liebling? Um zwei Uhr früh?«

»Mach dir keine Sorgen. Es werden noch genug von diesen ungenießbaren kleinen Zahnstocherwürstchen übrig sein ...«

Sie ist mir offenbar ein wenig böse, die beste Ehefrau von allen, sie nimmt mir meine hemmungslose Ungeduld und mein brutales Drängen übel. Aber das hindert

sie nicht an der nunmehr definitiven Vollendung ihres Make-up. Sie hat sogar den kleinen, schicken Nylonumhang schon abgestreift. Er liegt hinter ihr auf dem Fußboden. Leise, mit unendlicher Behutsamkeit manövrierte ich mich an ihn heran …

Ich habe den Nylonumhang eigenhändig verbrannt. In der Küche. Ich hielt ihn ins Abwaschbecken und zündete ihn an und beobachtete die Flammen, die ihn langsam auffraßen. So ähnlich muss Nero sich gefühlt haben, als er Rom brennen sah.

Als ich ins Zimmer meiner Frau zurückkam, war sie tatsächlich so gut wie fertig. Ich half ihr mit dem Reißverschluss ihres schwarzen Cocktailkleides, wünschte ihr viel Erfolg bei der Strumpfsuche, ging in mein Arbeitszimmer und setzte mich an den Schreibtisch.

»Warum gehst du weg?«, rief schon nach wenigen Minuten meine Frau. »Gerade jetzt, wo ich beinahe fertig bin? Was treibst du denn?«

»Ich schreibe ein Theaterstück.«

»Mach schnell! Wir gehen gleich!«

»Ich weiß.«

Die Arbeit ging zügig vonstatten. In breiten Strichen umriss ich die Hauptfigur – es müsste ein bedeutender Künstler sein, vielleicht ein Maler oder ein Tennisvirtuose – oder ein satirischer Schriftsteller – er hat voll Tatendrang und Lebenslust seine Laufbahn begonnen – die aber nach einiger Zeit hoffnungslos versickert und versendet, er weiß nicht, warum. Endlich kommt er drauf: Seine Frau bremst und lähmt ihn, hemmt seine Bewegungsfreiheit, hält ihn immer wieder zurück,

wenn er etwas vorhat. Er kann's nicht länger ertragen. Er wird sich aus ihren Fesseln befreien. In einer langen, schlaflosen Nacht beschließt er sie zu verlassen. Schon ist er auf dem Weg zur Türe –

Da sieht der unglückliche Held meines neuen Stückes seine Frau im Badezimmer vor dem Spiegel stehen, wo sie gerade ihr Gesicht säubert. Die Farbe ihres Lidschattens hat ihr missfallen und sie will einen neuen auflegen. Dazu muss man das ganze Make-up ändern, mit allem, was dazugehört, abschmieren, Öl wechseln, Batterie nachschauen, alles ...

Nein, ein solches Leben hat keinen Sinn. Hoffentlich ist der Strick, den er neulich in der Gerätekammer liegen sah, noch dort. Und hoffentlich hält er ...

Irgendwie muss meine Frau gespürt haben, dass ich bereits auf dem Stuhl unterm Fensterkreuz stand.

»Ephraim!«, rief sie. »Lass den Unsinn und mach mir den Reißverschluss zu. Was ist denn jetzt schon wieder los?«

Ach, nichts. Gar nichts ist los. Es ist halb drei am Morgen und meine Frau steht im Badezimmer vor dem Spiegel und sprüht mit dem Zerstäuber Parfüm auf ihr Haar, während ihre andere Hand nach den Handschuhen tastet, die seltsamerweise im Badezimmer liegen. Und seltsamerweise beendet sie beide Operationen erfolgreich, die Parfümzerstäubung und die Handschuhe. Es ist so weit. Kaum zu fassen, aber es ist so weit.

Ein leiser, schwacher Hoffnungsstrahl schimmert durch das Dunkel. So war's also doch der Mühe wert, geduldig auszuharren. In einer kleinen Weile werden

wir wirklich weggehen, zu Tibi, zur Silvesterparty, es ist zwar schon halb drei Uhr früh, aber ein paar Leute werden bestimmt noch dort sein und noch in guter Stimmung, genau wie meine kleine Frau, sie funkelt von Energie und Unternehmungslust. Sie tut die Gegenstände aus der großen Handtasche in die kleine weiße, sie wirft einen letzten Blick in den Spiegel, und ich stehe hinter ihr, und sie wendet sich scharf zu mir um und sagt:

»Warum hast du dich nicht rasiert?«

»Ich habe mich rasiert, Liebling. Vor langer, langer Zeit. Als du begannst Toilette zu machen. Da habe ich mich rasiert. Aber wenn du meinst ...«

Ich ging ins Badezimmer. Aus dem Spiegel starrte mir das zerfurchte Gesicht eines jäh gealterten, von Schicksalsschlägen heimgesuchten Melancholikers entgegen, das Gesicht eines verheirateten Mannes, dessen Gattin im Nebenzimmer steht und von einem Fuß auf den andern steigt, bis sie sich nicht mehr beherrschen kann und ihre mahnende Stimme an sein Ohr dringt:

»So komm doch endlich! Immer muss man auf dich warten!«

So wurden wir von dem großen Zippverschluss niedergerungen. Ich habe schon immer die These vertreten, dass die Menge von Kleidern, die einer Frau zur Verfügung steht, in einem genau ausgewogenen Verhältnis zur Zeit steht, die sie ihren Gatten warten lässt. Je mehr, desto mehr.

Was Wunder also, dass ich einen aussichtslosen Kampf gegen die Zuwachsrate im Kleiderschrank mei-

ner Frau führe. Doch all meine Bemühungen fallen in sich zusammen angesichts des altehrwürdigen femininen Dogmas, demzufolge man a) niemals dasselbe Kleid zweimal in ein und derselben Gesellschaft tragen darf und b) schon gar nicht ein Kleid, das auch nur im Entferntesten dem eines anderen weiblichen Wesens ähnlich wäre, möge sie in der Hölle braten.

»Sag mir«, fragte ich die beste Ehefrau von allen, »ich flehe dich an, sag mir doch, wie viele Kleider, um Gottes willen, braucht eine Frau?«

Sie blickt mir kalt ins Auge und sagt:

»Du weißt ganz genau, dass das nicht von mir abhängt, Ephraim, sondern von den Umständen.«

Das soll heißen, dass jeder Umstand ein eigenes Kleid erfordert. Sonst ist es kein Umstand.

Eine entwaffnende Theorie, wie ich zugeben muss, wenn wir davon absehen wollen, dass sie sich im Lauf der Zeit in ihr Gegenteil verkehrt hat: Zunächst einmal kauft man eine umwerfende Bleu-d'Azur-Seidenrobe, und dann sucht man nach einer passenden Gelegenheit, um sie zu tragen.

Das Ergebnis? Wann immer die beste Ehefrau von allen strahlend aus ihrer Lieblingsboutique heimkommt, muss ich damit rechnen, zur nächstbesten langweiligen Party gehen zu müssen, damit sie ihre neueste Eroberung amortisieren kann.

Das eben erwähnte d'Azur-Dilemma zum Beispiel sollte sein Debüt beim Eröffnungskonzert der israelischen Philharmonie haben. Was aber tut Gott in seiner Freizeit? An jenem Abend der als musikalisches Ereignis

getarnten Modenschau versorgt er mein Weib mit einem Hexenschuss, der sie temporär zu einer Salzsäule unter Hausarrest erstarren lässt. Obendrein setzt er die Gesundheitskette außer Betrieb.

»Das ist wirklich unfair«, klagte sie tränenden Auges, »ich hätte so gern mein neues Bleu-d'Azur hergezeigt.«

»Ich habe einen Vorschlag«, schlage ich vor. »Wie wär's, wenn ich allein ins Konzert ginge und dein Kleid am Kleiderhaken mitnähme? In der Pause könnte ich damit im Foyer auf und ab gehen. Wenn ich es hoch über den Kopf halte, könnten es noch viel mehr Leute sehen, als wenn du es anhättest.«

»Sehr witzig!« Die beste Ehefrau von allen war zutiefst verletzt. Sie hätte mir auch sicher eine kalte Schulter zugewandt, wenn der Hexenschuss es zugelassen hätte. Von Rachlust besessen ging sie tags darauf hin und kaufte sich einen umwerfenden Schlangenledergürtel und ein Paar italienische Schuhe made in Belgium, im Farbton genau zum Côte d'Azur passend. Vermutlich in Erwartung der nächsten philharmonischen Saison. Sie teilte mir auch mit, dass sie sich von mir als nächste Geburtstagsüberraschung einen ärmellosen Bolero für das noch jungfräuliche Kleid erhoffe. Der einzige Bolero, den ich bis zu diesem Zeitpunkt bei einem Konzert akzeptiert hatte, war der von Ravel.

Ich entwarf daher eine höchst subtile Strategie. Ich nahm den Kopf meiner Frau zärtlich in meine Hände und blickte ihr tief in die braunen Augen.

»Mein Kind«, sprach ich. »Wenn du einen Bolero willst, wirst du selbstverständlich einen Bolero bekom-

men. Solange die Bank noch bereit ist, unser Konto überziehen zu lassen, bin ich für alles zu haben. Die Sache ist nur die: Es ist allgemein bekannt, dass nur die schlechtesten Ehemänner teure Geschenke kaufen. Nur jene, die sich wie Bestien benehmen, ihre Frau mit nassen Wäscheleinen prügeln und erst vor Tagesanbruch im Zickzack den Weg nach Hause finden, nur so ein entmenschter Ehemann hat es nötig, seine Reue in Form eines extravaganten Geschenks an seine Frau zu dokumentieren. Wenn du mich fragst, so empfinde ich nichts als Mitleid mit der armen Frau, die man auf so billige Weise versöhnen will. Geschenke in der Art eines solchen Boleros sind nichts anderes als ein Beweis dafür, dass eine Ehe gescheitert ist. Hör also auf die Stimme, die aus meinem Herzen kommt, und entscheide du selbst. Was willst du?«

»Ich will«, sagte die beste Ehefrau von allen, »einen Bolero.«

Jetzt lasst uns wieder zu Tibis Neujahrsparty zurückkehren.

Wir kreuzten dort etwa um vier Uhr früh auf, und das Fest war noch in vollem Gange. Vermutlich hatte ich eine unheimliche Menge Alkohol in mir, um den nicht jüdischen Charakter dieses Festes würdig zu dokumentieren. Ich bin und war nie ein Berufstrinker und hatte daher einen hohen Preis für meinen Dilettantismus zu zahlen. Wenn ich den Informationen trauen darf, die mir nach dem Fest zugetragen wurden, hat mein Weib mich zornentbrannt verlassen, weil ich angeblich mit einer grell geschminkten Frauensperson Wange an Wange ge-

tanzt haben soll, und das, um meine Frau zu zitieren, »in einer Art, dass sich jedem anständigen Menschen dabei der Magen umdrehen musste«.

Ich hingegen kann mich an nichts erinnern. Alles, was mein vernebeltes Hirn an Erinnerungen hervorzubringen vermag, ist ein Telefonat, das ich am nächsten Morgen von meinem Krankenlager aus führte, während jeder einzelne meiner Knochen seinen eigenen Katzenjammer anzustimmen schien. Ein überdimensionaler Kater stand zwischen mir und meiner Frau. Es schien nicht nur das Ende der Welt, sondern auch das Ende unserer Ehe zu sein.

Das Gespräch lief ungefähr so ab.

Hallo, hallo, hier ist Tibi – flüsterte ich in den Hörer – Blödsinn, dort ist Tibi, hier bin ich. Ich bin noch ein bisschen durcheinander, Tibi, gerade aufgewacht. Ich habe teuflische Kopfschmerzen, und wie, geht's dir, mein Freund? … Aha, soso … Hör zu, ich rufe an, weil ich nicht sicher bin wegen gestern Abend … Sag einmal, Tibi, ehrlich, war ich denn gestern bei dir auf einer Party? …

Nein, ich mach keine blöden Witze, ich kann mich nämlich an nichts erinnern – au! – ich darf nicht lachen, meine Rippen … Meine Frau sagt, dass ich wie ein Besenbinder getrunken habe … vielleicht war's wirklich ein Glas zu viel … Du verstehst, Silvester und so … Ich trinke immer, wenn ich mich fürchte. Wovor? Das weiß ich nicht mehr, vielleicht war's Angst, dass der Schnaps zu Ende geht …

Meine Frau? Die beste Ehefrau von allen? Ich glaube, sie ist allein nach Hause gefahren ... Ich kann sie nicht fragen, sie spricht nicht mit mir ... Aber es war wohl eine großartige Party, oder nicht? ... Ich nehme an, dass es eine großartige Party war, sonst wäre ich doch nicht erst gegen sieben Uhr nach Hause gekommen ... Um neun? Interessant! Was? ...

Auf der Schulter getragen? Mich? ... Tibi, da fällt mir ein, habe ich vielleicht einen Schuh bei dir vergessen? Nur einen, schwarz ... Ja, braun, das ist er, möcht nur wissen, warum ich ihn ausgezogen habe ... wer, ich? Am Tisch? ... Das gibt's nicht, das kann ich nicht gewesen sein. Ich kann ja gar nicht Csardas tanzen ... Was, alle Weingläser? Ah, darum hab ich mir die Schuhe ausgezogen ... tut mir Leid, das mit der Politur, ehrlich ... Warum hast du mich nicht zurückgehalten? Was? ...

Nein, an den kann ich mich nicht erinnern, wusste gar nicht, dass du einen Schwager hast ... Was hab ich? Mit dem schweren Kerzenleuchter? ... Mein Gott! Lebt er noch? ... Gott sei Dank! Du weißt doch, dass ich Gewalt verabscheue ... Ja ... vielleicht habe ich gestern meinen Abscheu überwunden. Das waren die Getränke, ich hätte nicht so viel ... Was, ich? Was soll ich deinem Schwager gesagt haben? ... Das gibt es nicht! Ich kann doch gar nicht Arabisch ... Also, das habe ich sicher nicht wörtlich gemeint ... Unmöglich! Ich habe seine Mutter noch nie gesehen ... Sag ihm, dass ich ergebenst entschuldigen lasse. Auch bei seiner Mutter ... Also dann bei seiner ganzen Familie. Sag ihm, dass ich mich an nichts erinnern kann. Was? ...

Fußball? Ja, hab ich einmal ganz gut gespielt, besonders Elfmeter. Früher einmal, hör zu, Tibi, früher einmal, als ich noch Sport trieb, da habe ich – was für eine Vitrine? Du hast eine antike Vitrine? … Ah, gehabt? …

Tibi, alter Freund, ich kann dir gar nicht sagen, wie Leid mir das tut, warum, zum Teufel, hast du mich nicht einfach gepackt und, was? … ich am Luster? Ich bin doch kein Tarzan … Nein, ich lache doch nicht, ich weiß, dass dein Luster keine Schaukel ist … Noch ein Glück, dass er nicht heruntergestürzt ist – er ist? … Wieso Kurzschluss? Mitten in der Party? … Tibi, ich sage doch, man sollte zu solchen Partys immer einen Elektriker mit einladen … Ah, du hast einen eingeladen … Was, ausgerechnet auf seinen Kopf? Man kann nicht vorsichtig genug sein …

Ja, Tibi, ich weiß, dass ich keinen Alkohol vertrage … Was, alle Gläser ausgetrunken? Ich? Eau de Cologne? Eine ganze Flasche? … Tibi, du weißt, dass man solche Sachen unter Verschluss halten soll. Das hätte mein Tod sein können … Nein, es tut mir Leid, wirklich … Über deinen Teppich, einen neuen Teppich? Mein Gott, deine Frau wird mir das niemals verzeihen … Was? Ich mit deiner Frau? … Wo? … Sag einmal, Tibi, bist du sicher, dass du mich nicht mit irgendwem verwechselst? Ich bin der mit der Brille und den schwarzen, nein, blonden … warte einen Augenblick … mit den grauen Haaren … Tibi, du kennst mich und weißt, dass ich vor deiner Frau die größte Hochachtung habe. Nicht einmal im Traum würde mir einfallen – was für ein Zippverschluss? … Ganz herunter? Vor allen Leuten? … Natür-

lich ist das geschmacklos, aber du bist auch ein bisschen schuld daran, weil du mich nicht gleich gepackt hast. Was? …

Goldhamster? … Ja, jetzt erinnere ich mich, ein süßer kleiner Kerl … Heiliger Bimbam! Mit dem Käfig! War denn das Fenster nicht geschlossen? … Mach keine Witze, Tibi … Glassplitter? … Nein, ich bin nicht verletzt, glaube ich. Wir müssen noch froh sein, dass unter deinem Fenster gerade niemand vorbeigegangen ist – oh! – bist du wenigstens versichert? … Mir sagst du das? Was glaubst du, wie ich mir vorkomme? …

Du hast Recht, du hast vollkommen Recht. Genau! Selbstverständlich werde ich für den Schaden aufkommen. Und was das Aufräumen betrifft, so werde ich deinem Dienstmädchen natürlich ein entsprechendes Trinkgeld, was? … Also, jetzt übertreibst du! Mit ihr auch? … Ich schwöre dir, Tibi, dass ich nicht einmal weiß, wie dein Dienstmädchen aussieht … Aber ich war doch nicht in deiner Küche … Entschuldige, aber es ist wirklich nicht meine Gepflogenheit, vor wildfremden Frauen auf die Knie zu fallen … Wieso Heiratsantrag? Ich bin doch schon verheiratet! … Frau meiner Träume? Blödsinn! … Bitte, kann ja sein, dass dein Dienstmädchen gut aussieht, aber … Mich umbringen? Ich soll gesagt haben, dass ich mich umbringe, wenn sie nicht … Aber das ist doch ganz gegen meine Natur, ich hab mich noch nie umgebracht. Was? …

Was heißt Gasofen? … Na und, jede Küche hat einen Gasofen – ach! – das also war dieser gewaltige Krach … Ja, ja, ich auch, ich hab mich schon gewundert, was heu-

te mit meinen Ohren … Ja, jetzt kann ich mich erinnern, tschinnbummkrach … Tibi, ich bitte dich, bring mich nicht zum Lachen, das tut weh – wer lacht hier? Ich lache? Ich weine, Tibi! Ich weine bittere Tränen, vergiss nicht, dass auch meine Hose gebrannt hat … Was, in deinem Aquarium? … Die armen Goldfische … Ich hab gedacht, tropische Fische sind doch Hitze gewohnt …

Du hast natürlich Recht, Tibi, ich kann dir gar nicht sagen, wie Leid mir das tut, was? … Ruß? Alles schwarz? Am besten mit Terpentin und eine harte Bürste … Natürlich ist das viel Arbeit, Ruß ist bekanntlich sehr hartnäckig … Was, ich? Jetzt? Tut mir Leid, Tibi, jetzt nicht, jetzt muss ich im Bett bleiben, mein Kopf ist kurz vorm Zerplatzen … Ausgeschlossen, lieber Freund, das kommt nicht infrage … Bitte sei nicht lästig, du bist auf dem besten Wege, mir die Erinnerung an eine großartige Party zu zerstören …

Was Wunder also, dass angesichts meines abscheulichen Benehmens die beste Ehefrau von allen einen heiligen Eid schwor, nie und unter keinen Umständen in ihrem Haus eine Party zu veranstalten.

Ich glaube, dass sie nur ein einziges Mal von dieser Regel abwich, als sie eines Tages beschloss, mir zu Ehren eine Überraschungs-Party zu veranstalten. Und zwar eine so überraschende Überraschungs-Party, dass ich sie ein ganzes Leben lang nicht vergessen werde. Auch wenn ich es wollte.

Zuerst meldete sich eine jugendliche Stimme an meinem Telefon. Sie behauptete, bei unserem Soldatensender »Galej Zahal« mitzuarbeiten, und fragte höflich nach dem Datum meines Geburtstags. Ich nannte es und wollte natürlich wissen, wen das interessieren könnte.

»Unwichtig«, sagte die Stimme, »kann ich Ihre Frau kurz sprechen?«

Ich gab ihr den Hörer. Die beste Ehefrau von allen hörte eine Weile zu, dann erwiderte sie im Flüsterton:

»Nicht jetzt, er steht direkt neben mir.«

Sie hängte ab. Ich fragte sie, was das zu bedeuten hatte. Die Beste: Nichts, ein Fehler in der Leitung oder Ähnliches.

Bald vergaß ich die Sache. Das Leben war kompliziert genug, auch ohne rätselhafte Anrufe jugendlicher Stimmen.

Mir fiel auch nichts Besonderes auf, als ein Armeelastwagen mit der Aufschrift »Galej Zahal« vor unserem Haus hielt. Vermutlich will jemand die Kanalisation überprüfen, folgerte ich messerscharf und ging wieder an die Arbeit. Die drei Jungen, die dem Armeewagen entstiegen, verschwanden im Zimmer meiner Frau, und zwei Stunden lang hörte ich nichts von ihnen.

Nur einmal unterbrach die beste Ehefrau von allen ihre Konferenz, um mich zu fragen, ob ich nicht irgendwann etwas über Geburtstage geschrieben hätte.

»Ja«, bestätigte ich, »warum?«

»Nur so«, sagte sie, »ich war nicht sicher.«

Ich gab ihr einige Bücher, in denen ich zu diesem Thema in dieser oder jener Form Stellung bezogen hatte,

und wollte weiterarbeiten. Das Telefon auf meinem Schreibtisch wollte es nicht. »Ich spreche hier vom Soldatensender«, sagte eine jugendliche Stimme. »Können Sie mich mit Ronny verbinden?«

»Was für ein Ronny?«

»Ronny. Der wegen der Überraschungs-Party bei Ihnen ist.«

Ich klopfte an die Tür meiner Gattin und sagte, dass ein Ronny überraschend wegen einer Party ans Telefon gerufen werde.

Ich fand das Ganze ein wenig seltsam, aber was ging's mich an.

»Die Leute vom Radio veranstalten irgendeine Befragung oder so«, erklärte meine Frau beim Essen, und die Kinder brachen in wildes Gelächter aus. Eine ungezogene Brut!

Überhaupt benahmen sie sich zu diesem Zeitpunkt wie die Irren: Sie rannten im Haus herum, flüsterten miteinander, dann begannen sie sinnlos zu kichern.

Allerdings waren einige ungewöhnliche Vorgänge in unserem Haus festzuhalten. Zum Beispiel die beiden Soldaten, die ich eines Abends beim Heimkommen vorfand. Sie krochen im Wohnzimmer herum, um die Steckdosen zu zählen.

»Hier könnten wir die Mikrofone aufstellen«, hörte ich einen der beiden sagen. »Und Sheike könnte seine Festrede dort vom Sofa aus halten.«

Sie verfielen in eisiges Schweigen, als sie meiner ansichtig wurden, zwinkerten einander einige Male zu

und verschwanden. Ich konnte mir beim besten Willen nicht erklären, was da vor sich ging.

Befragung, dachte ich mir, schön und gut, aber wie lange kann es schon dauern, bis so eine simple Angelegenheit erledigt ist?

Ich wollte es genau wissen und wandte mich an meine Beste:

»Wie lange wollen sie dich noch mit dieser dummen Fragerei belästigen?«

»Oh«, sagte meine Frau, während sie beiläufig das Teppichmuster studierte, »das macht mir nichts aus.«

Bei dieser Gelegenheit verlangte sie von mir eine Liste aller meiner alten Freunde, rückwirkend bis zu meinen Kibbuztagen. Das war leicht, denn für alte Freunde habe ich ein gutes Gedächtnis.

Während ich an der Liste werkte, klingelte wieder einmal das Telefon auf meinem Schreibtisch.

»Hallo«, sagte ich.

»Ich hab immer noch nicht das Manuskript der Festrede vom ›Galej Zahal‹ bekommen«, erklang am anderen Ende die Stimme von Sheike.

»Welchen Text?«

»Vergiss es«, sagte Sheike und hängte ab.

Natürlich war es die Inflation. Anders konnte ich es mir nicht erklären, dass sich die Menschen so seltsam benahmen. Sogar die Zeitungen begannen, unverständliches Gewäsch zu drucken. Zum Beispiel las ich in einer Klatschkolumne Folgendes:

»Da gibt es Gerüchte, dass unser Soldatensender die

Übertragung einer Überraschungs-Party beabsichtigt, die für einen unserer bekanntesten Humoristen anlässlich Kishons Geburtstag steigen soll.«

»Wer kann dieser Humorist sein?«, überlegte ich laut in Gegenwart meiner Frau. »Und warum sollte man ihm ausgerechnet an meinem Geburtstag eine Überraschungs-Party geben?«

»Ach«, meinte die beste Ehefrau von allen, »du weißt ja, wie Journalisten sind. Denen fallen oft die verrücktesten Dinge ein ...«

Wir wechselten das Thema. Meine Frau fragte, ob ich ihr einen kleinen Gefallen tun könnte: Ich möge doch bitte an meinem Geburtstag nicht später als elf Uhr vormittags das Haus verlassen und pünktlich um 19.15 Uhr wieder da sein.

»Es kommen noch einige Putzfrauen«, erklärte sie. Das also war's. Ich bin sehr dafür, dass mein Haus sauber gehalten wird.

Eine der Putzfrauen, ein dralles, freundliches Wesen, kam sogar schon am Vor-Putztag, während meine Frau gerade unterwegs war.

»Ich möchte mich nur erkundigen, Herr, wie viele Gäste sie erwarten«, wollte sie von mir wissen. »Ich bereite das Essen für sechzig Paare vor. Geht das in Ordnung?«

»Meine Liebe«, sagte ich höflich, »Sie sind hier offensichtlich an der falschen Adresse.«

»Verdammt«, sagte die Dralle, über beide Ohren errötend. »Sie haben ja Recht, Ihre Frau hat gesagt, dass Sie nichts erfahren dürfen.«

»Was?«

»Nichts. Entschuldigen Sie ...«

Und weg war sie.

Ich war etwas verwirrt. Ich hatte eine dunkle Vorahnung, dass irgendetwas auf mich zukam, aber sosehr ich mir das Hirn zermarterte, ich kam nicht darauf, was es sein könnte.

Die Dinge spitzten sich zu, als ich zwei Tage vor meinem Geburtstag merkte, dass unser Kühlschrank mit gefülltem Fisch so voll gestopft war, dass er beinahe platzte. In unserem Hinterhof türmten sich Kisten mit Wein, Bier und Cola ...

»Hör zu«, sprach ich zu meiner Gattin, »ich weiß, dass die Preise steigen, aber man kann das Hamstern auch übertreiben.«

Meine durchaus vernünftige Äußerung war Anlass zu einer völlig unmotivierten Kicherorgie meiner Nachkommenschaft. Sie zerrten bereits an meinen Nerven.

»Keine Sorge«, sagte die Allerbeste mit leuchtenden Augen. »Nur keine Sorge.«

An meinem Geburtstagsmorgen erschienen zwei Raumpfleger in Armeeuniform, und ich zog es vor, schleunigst zu verschwinden, um ihnen beim Großreinemachen nicht im Weg zu sein. Die Kinder, aus unerfindlichen Gründen nicht in der Schule, standen daneben und grinsten wie Halbidioten.

»Sie werden beim Putzen helfen«, sagte ihre Mutter. Sie steckte sich ein Taschentuch in den Mund und rannte aus dem Zimmer.

»Warum tragen sie denn ihre besten Kleider?«, rief ich ihr nach. »Sollten sie sich nicht lieber umziehen?«

Alle pflichteten mir bei, aber sonst geschah nichts. Mein Geburtstag schien allen Beteiligten die Sinne verwirrt zu haben.

»Vergiss nicht«, rief mir meine Tochter nach, »sieben Uhr fünfzehn! Und lass dir unterwegs die Haare schneiden, Papi!«

Als ich um sieben Uhr fünfzehn zurückkam, konnte ich nicht einmal in die Nähe meines Hauses fahren, denn die ganze Straße war von Autos blockiert. Mein Blick erhaschte die Umrisse einiger meiner Bekannten, die sich heimlich durch unsere Eingangstür stahlen. Zwei Radio-Übertragungswagen unserer Armee parkten vor unserem Haus. Ein dicker Kabelstrang führte direkt in unser Wohnzimmer ...

Was sollte das bedeuten?

Das Haus lag in völliges Dunkel gehüllt.

»Ich bin da«, rief ich, durch den finsteren Vorraum tappend, »ist das Abendessen fertig?«

In diesem Moment geschah das Unfassbare. Alle Lichter gingen an. Ich fiel beinahe in Ohnmacht. In meinem Wohnzimmer saßen alle meine Freunde, alle meine lieben Bekannten, auch die vom Kibbuz, und mit verzücktem Gesichtsausdruck sangen sie unter der Stabführung von Sheike in die Mikrofone von »Galej Zahal«:

»Hoch soll er leben, hoch soll er leben, dreimal hoch!«

Der Schock der Überraschung würgte mich in der Kehle. Sie hatten eine Party für mich vorbereitet, die gu-

ten Menschen, und noch dazu in dieser absoluten, nahe zu militärischen Geheimhaltung!

Genial, ich finde kein anderes Wort dafür, schlechthin genial.

Hut ab vor meiner Familie, ich kann nur sagen, Hut ab vor der besten Ehefrau von allen!

Hut ab vor unserer Armee!

Wie Sie merken, fehlen mir die Worte.

6

Das im letzten Kapitel so überraschend enthüllte Organisationstalent der besten Ehefrau von allen wirft andererseits einen gewissen Schatten auf unser gesellschaftliches Leben. Sie hat erstaunlich viel Willenskraft, meine bessere Hälfte. Außerdem ist sie ziemlich wählerisch. Mit ihr auszugehen kann ein ziemlich ermüdendes Abenteuer werden. Oder, um es anders zu formulieren, wenn man mit ihr ausgeht, kann man leicht eingehen. Als Dokumentation hierzu Selbstplagiat Nr. 5. Dieses Stück Literatur gelangt in dieses Buch vor allem wegen der darin enthaltenen Studie über Massenpsychologie in übervölkerten Ländern.

Gershon lief mir über den Weg und sagte hallo, höchste Zeit, lange nicht gesehen, und warum kommen wir nicht heute Abend zusammen und gehen irgendwohin oder in ein anderes Lokal. Ich stimmte zu, und wir wollten nur noch unsere Frauen zurate ziehen, jeder die seine, und dann besprechen wir's endgültig.

Ich muss vorausschicken, dass meine Frau und ich mit Gershon und Zilla befreundet sind und uns immer

freuen sie zu sehen, ganz ohne Formalitäten, einfach um gemütlich mit ihnen beisammenzusitzen und zu plaudern, nichts weiter.

Als ich Gershon gegen Abend anrief, war Zilla noch in ihrem Yoga-Kurs, sie käme ungefähr um halb sieben, sagte er, und dann würde er sofort zurückrufen und unser Rendezvous fixieren. Der Einfachheit halber schlug ich als Treffpunkt »Chez Mimi« vor, ein neues Lokal, aber Gershon sagte nein, ausgeschlossen, neue Lokale sind bekanntlich immer überlaufen, und man bekommt nie einen Tisch, gehen wir doch lieber ins »Babalu«, dort gibt es wunderbare Käsepalatschinken.

An dieser Stelle griff die beste Ehefrau von allen ein, riss den Hörer an sich und machte Gershon aufmerksam, dass eine einzige Käsepalatschinke 750 Kalorien enthalte, und »Babalu« käme nicht infrage, infrage kommt »Dudiks Gulaschhütte«, Ende der Durchsage. Papperlapapp, sagte Gershon, die Gulaschhütte ist auch nicht mehr was sie war, und er persönlich hätte nun einmal eine Schwäche für Käsepalatschinken, Kalorien oder nicht. Es wurde beschlossen, die Wahl des Lokals in Schwebe zu lassen und Zillas Heimkehr vom Yoga abzuwarten.

Bald darauf erfolgte ein Anruf von Frau Frankel. Die Frankels sind alte Bekannte von uns. Sie leben in Peru, befanden sich auf Kurzbesuch in Israel, waren soeben aus Jerusalem nach Tel Aviv gekommen und würden sich wahnsinnig freuen, wenn sie uns noch heute Abend sehen könnten, morgen fliegen sie nach Peru zurück. Ich informierte sie, dass wir bereits eine Verabredung mit

einem befreundeten Ehepaar hätten, zwei reizende Leute, die ihnen bestimmt gefallen würden. Na schön, dann sollen sie in Gottes Namen mitkommen, sagte Frau Frankel. Ich versprach ihr im Hotel anzurufen, sobald wir von Gershon und Zilla Nachricht bekämen.

Kaum hatte ich den Hörer aufgelegt, verlieh mir die beste Ehefrau von allen den Titel eines Idiotenkönigs. Gershon, so behauptete sie, würde den Frankels ganz und gar nicht gefallen, denn er benähme sich zu ausländischen Besuchern immer sehr schlecht, besonders zu peruanischen Juden.

Wie Recht du doch hast, Liebling, sagte ich, daran hatte ich nicht gedacht, aber jetzt hilft nichts mehr.

Andererseits brauchen wir uns nicht den Kopf zu zerbrechen, denn von Gershon und Zilla läge ja noch keine Nachricht vor, und vielleicht sagen sie überhaupt ab.

Zu diesem Zweck rief meine Frau Gershon an, aber Zilla war noch immer nicht da, sie würde sich offenbar verspäten. Außerdem sei ein neues Problem aufgetaucht: Gershons Töchterchen Mirjam, der kleine Schwachkopf, hatte wieder einmal den Wohnungsschlüssel vergessen, und man müsse warten, bis sie nach Hause käme, mindestens bis halb acht.

Unter diesen Umständen schien es uns wenig sinnvoll, die Sache mit den Frankels zu erwähnen. Keine Eile. Es kann ja noch alles Mögliche passieren. Man soll die Brücken hinter sich erst abbrechen, wenn man vor ihnen steht, sagt das Sprichwort. Oder so ähnlich.

Für alle Fälle begannen wir mit den Vorbereitungen für einen gemütlichen Abend. Die Studentin Tirsa, die

bei uns gewöhnlich als Babysitter fungiert, war nicht zu Hause, aber ihr kleiner Bruder meinte, wir könnten sie bei Tamar, ihrer besten Freundin, telefonisch erreichen.

Daran hinderte uns zunächst ein Anruf von den Frankels, diesmal von ihm: Ob uns neun Uhr in der Hotelhalle recht wäre? Gewiss, sagte die beste Ehefrau von allen, nur müssten wir das erst mit unseren Freunden abstimmen, wir rufen zurück.

Bei Gershon antwortete Zilla, fröhlich und yogagestärkt und ganz Ohr für meine Mitteilung, dass wir Besuch von Freunden aus Peru hätten, reizende Leute, sie warten in der Halle ihres Hotels und würden ihr bestimmt gefallen, oder vielleicht möchte sie lieber ein anderes Mal mit uns zusammenkommen?

Nein, warum, sagte Zilla, sie hätte nichts dagegen, unsere Freunde zu sehen, Gershons Einverständnis vorausgesetzt, er sei gerade mit dem Hund draußen, in ein paar Minuten käme er zurück und würde uns Bescheid geben. Aber warum in der Hotelhalle? Hotelhallen sind kalt und ungemütlich. Warum nicht im Café Tutzi? Ausgeschlossen, sagte die beste Ehefrau von allen, dort hatte sie Krach mit der schielenden Kellnerin, schüttet ihr Zwiebelsuppe über die Bluse und entschuldigt sich nicht einmal, warten wir lieber auf Gershon und verständigen wir uns dann über einen anderen Treffpunkt.

Jetzt konnte meine Frau endlich bei Tamar anrufen, aber Tirsa war schon weggegangen. Sie würde sich vielleicht noch einmal bei ihr melden, sagte Tamar, und wir sollten später nachfragen.

Als Nächstes kam der fällige Anruf von Gershon: Zilla hätte ihm von den Peruanern erzählt, und was mir denn einfiele, als ob ich nicht wüsste, dass er gegen Touristen allergisch sei. Ich beruhigte ihn, die Frankels wären keine gewöhnlichen Touristen und vor allem keine gebürtigen Peruaner, es handelte sich um reizende Leute, die ihm gefallen würden, und wir sind jetzt alle um neun Uhr in der Hotelhalle verabredet. Also gut, sagte Gershon, hoffentlich käme seine schwachsinnige Tochter bis dahin nach Hause.

Dann rief Tamar an, Tirsa hätte sie angerufen und sie käme zu uns babysitten, allerdings nicht vor 9.45 Uhr, sie wäre soeben dabei, sich die Haare zu waschen, und da sie, Tamar, jetzt eine Verabredung hätte und wegginge, müssten wir uns sofort entscheiden, ob wir mit 9.45 einverstanden wären, ja oder nein.

Ich bat sie, zwei Minuten zu warten und rief Gershon an, um die Verschiebung mit ihm zu klären. Glücklicherweise hatte sich das Problem mit seiner Tochter Mirjam inzwischen erledigt, sie war mit Juki, ihrem Freund, ins Kino gegangen und würde Gershons Berechnung zufolge nicht länger als bis 9.30 fortbleiben, also spräche nichts gegen 9.45.

Schon wollte ich den Hörer auflegen, als ich aus Gershons Hintergrund die Stimme Zillas hörte, das wäre doch blödsinnig, sich quer durch die halbe Stadt zu schleppen, und warum treffen wir uns nicht in irgendeinem Espresso irgendwo in der Nähe.

Daraufhin ertönte aus meinem eigenen Hintergrund die Stimme der besten Ehefrau von allen, sie denke nicht

daran, den Abend in einem schäbigen Espresso zu verbringen, sie nicht, vielleicht Zilla, aber sie nicht.

Wir ließen die Frage offen, und ich legte den Hörer auf.

Gleich danach nahm ich ihn wieder ab, es war Frau Frankel, um unser gemütliches Treffen auf 10.15 zu verschieben. In Ordnung, sagte ich, 10.15 ist eine angenehme Zeit, aber wir haben Freunde aus Peru zu Besuch, reizende Leute, die wir in ihrer Hotelhalle treffen sollen. Das trifft sich gut, sagte Frau Frankel, sie selbst und ihr Mann wären unsere Freunde aus Peru, und dann hätten also alle Beteiligten den neuen Zeitpunkt akzeptiert. Den Zeitpunkt schon, sagte ich, aber als Treffpunkt lehne Zilla einen Espresso ganz entschieden ab. Frau Frankel reagierte überraschend sauer, wieso Espresso, was soll das, wenn sie und ihr Mann eigens nach Tel Aviv kämen, um uns zu sehen, könnten wir uns wirklich etwas Besseres aussuchen als einen schäbigen Espresso. Richtig, sagte ich, das stimmt, und sie sollte mir nur noch ein wenig Zeit für eine Rückfrage bei meinen Freunden geben.

Die beste Ehefrau von allen rief sofort bei Tamar an, um Tirsas 9.45 zu bestätigen, aber Tamar war bereits von ihrem Freund abgeholt worden und hatte bei der Hausfrau lediglich eine Telefonnummer zurückgelassen, wo wir Tirsa nach 10 Uhr erreichen könnten.

Dann war Herr Frankel am Telefon und wollte wissen, warum das alles so lange dauert, und da seine Stimme nun schon recht ungehalten klang, schlug die beste Ehefrau von allen ihm vor, den gordischen Knoten einzufädeln und sich direkt bei Gershon nach Mirjam und Juki

zu erkundigen, wir würden unterdessen alles mit Tirsa regeln und könnten uns anschließend im Café Colorado auf der Dizengoffstraße gemütlich zusammensetzen.

Meine Versuche, Tirsa zu erreichen, blieben erfolglos, weil die Nummer, die Tamar für mich hinterlassen hatte, immer besetzt war, aber dafür erreichte mich Zilla: Sie hätte ein langes Telefongespräch mit Herrn Frankel gehabt und fände ihn sehr sympathisch, spätestens um halb elf, wenn die Kinder nach Hause kämen, könnten sie und Gershon weggehen.

Ins Café Metropol, rief Gershon dazwischen. Das Café Metropol schließt um elf, sagte die beste Ehefrau von allen, nur das Colorado hat dann noch auf. Das glaube ich nicht, sagte Zilla. Aber sie würde für alle Fälle dort anrufen und uns das Ergebnis mitteilen.

Als Nächstes hörten wir von Frau Frankel: Ihr Taxi wartete schon seit einer Viertelstunde und sie hätte vergessen, wo sie uns und das Ehepaar Zilla treffen sollte. Nein, sagte ich, nicht Zilla, sondern Juki, im Café Colorado, falls es noch offen wäre, und sie täte am besten, Tirsa danach zu fragen, die Nummer liegt bei Mirjams Hausfrau.

Was weiter geschah, weiß ich nicht mehr genau. Ich glaube, dass Gershon gegen halb zwölf aus dem Kino zurückkam und warten musste, bis Tamar den Hund gewaschen hatte, während ihr Freund und Frau Frankel ins Metropol fuhren, aber da es dort nichts mehr zu essen gab, landeten sie schließlich im Café Tutzi bei einem Gulasch, das die schielende Kellnerin über Jukis Hosen schüttete.

Wir selbst, die beste Ehefrau von allen und ich, blieben zu Hause, stellten das Telefon ab und fielen in unsere Betten. Dann kam unser Babysitter. Was mich betrifft, so können sich sämtliche peruanischen Yogakursteilnehmer am nächsten Laternenpfahl gemütlich aufhängen.

Das ist es, was man üblicherweise unter »gesellschaftlichem Stress« versteht. Zumindest wenn man von jenem Duell ausgeht, das meine Gattin und ich nach dem peruanischen Albtraum auszufechten hatten.

Meine Enttäuschung kannte keine Grenzen. Ich habe nämlich meine Frau vor allem deswegen geheiratet, weil sie die metaphysische Begabung hat, sämtlichen Kishons alle Steine daheim oder auswärts aus dem Weg zu räumen. Mehr noch, sie betrachtet dies als ihr alleiniges und ausschließliches Recht, und seien die Steine noch so groß.

Wenn man der Statistik trauen darf, so besitzen alle menschlichen Wesen, einschließlich der weiblichen, von Geburt an eine bestimmte natürliche Begabung. Nehmen wir zum Beispiel diese Russin mit den erstaunlichen spiritistischen Fähigkeiten oder diese Eingeborene auf den Philippinen, die jede Krankheit durch Handauflegen kuriert. Die beste Ehefrau von allen hingegen ergattert Karten für jedes Theaterereignis. Das ist *ihre* Begabung. Niemand übertrifft sie in der Kunst überall auf Biegen und Brechen hineinzukommen.

Egal, ob wir im letzten Moment oder noch später kommen, egal, ob das Theater ausverkauft ist, egal, ob

es ein Film, ein Konzert oder ein sozialkritisches Drama ist, die bloße Anwesenheit meiner Allerbesten ist eine Garantie für zwei Plätze in der Mitte.

Nicht dass ich etwa ungeschickt oder schwerfällig bin, aber ich bin keine Kämpfernatur wie sie. Wenn mir der Kerl hinter der Kasse sagt, dass keine Karten mehr da sind, pflege ich eine Kehrtwendung zu machen und gehe nach Hause.

Sie aber verschwindet durch eine Hintertür und erzählt, dass wir Touristen sind, besticht den Platzanweiser, verbrüdert sich mit dem Eisverkäufer, manchmal dringt sie auch auf dem Umweg über die Damentoilette ein. Kurz, wir kommen überall hinein. Ich brauche nur zu warten, bis sie auftaucht und mir zuwinkt: »Komm schnell, es ist alles erledigt!«

Das ist der wahre Grund, warum ich sie geheiratet habe. Sie öffnet die Tore überfüllter Opernhäuser vor mir und die Pforten von Museen, die wegen Renovierung ewig geschlossen sind. Sie behext Manager, Kartenverkäufer, Billeteure und Oberkellner. Auch in Restaurants bestimmt sie, wo wir sitzen. Und sie ist es, die unser Menü auswählt. Diese Art des femininen Patriarchats, um einen neuen Ausdruck zu prägen, ist nicht nur bequem, sondern führt auch zu einer gewissen Verweichlichung. Es ist also kein Wunder, dass ein Mann, der so von den Unannehmlichkeiten seiner Umwelt hermetisch abgeschirmt ist, sofort hilflos wird, wenn seine Impresario-Gattin nicht hinter ihm, oder besser gesagt, vor ihm steht.

Als Illustration hierfür ein Zwischenfall in jenem

Künstlercafé, dessen Stammgäste wir sind oder zumindest waren, ehe das haarsträubende Abenteuer an jenem Mittwoch stattfand.

Wir saßen friedlich mitten im Lärm. Ich schlürfte meinen Tee, und die beste Ehefrau von allen blätterte in Illustrierten. Da erschien plötzlich ein kleiner Mann mit struppigen Haaren, dessen Geschäft in Gestalt einer Schublade vor seinem Bauch hing. Der Hausierer blieb im Eingang stehen und warf einen taschendurchbohrenden Blick auf die Besucher, welche die drohende Gefahr noch gar nicht bemerkt hatten.

Ein Blick auf den Mann, und ich lehnte mich bequem in meinem Sitz zurück, der Dinge harrend, die da kommen sollten. Die Art, wie Hausierer ihre schwachköpfigen Opfer mit sicherem Instinkt auswählen, hat mich immer schon fasziniert. Es ist die uralte Konfrontation von einem zögernden Kunden und einer berufsmäßigen Nervensäge.

Eben wollte ich die beste Ehefrau von allen auf das nun beginnende Spektakel vorbereiten, als sie plötzlich aufstand, um in einem jener Nebenräume zu verschwinden, welche die Damen benötigen, um ihre Nasen zu pudern.

Ich saß also allein am Tisch.

Und dann geschah etwas überaus Seltsames.

Das forschende Auge des Hausierers blieb an mir hängen.

Er beschritt alsogleich die Direttissima zu meinem Tisch, als würde er von einem unsichtbaren Magnet an-

gezogen. Je näher er kam, desto mehr fiel mir auf, dass sich in seinem Bauchladen ein Sortiment von grellfarbenen Kämmen befand.

»Kaufen Sie einen Kamm«, hub er an.

»Danke«, gab ich zurück. »Ich hab schon einen.«

»Dann kaufen Sie noch einen.«

»Danke, ein Kamm genügt mir zur Zeit.«

»Qualitätskämme, ausländisches Erzeugnis, Superware. Garantiert zweitausend Striche, oder Sie bekommen Ihr Geld zurück.«

»Danke, nein.

»Versuchen Sie einmal einen zu zerbrechen. Stahlhart.«

»Hören Sie, mein Freund, mit Ihrem Geschwätz werden Sie mich nicht dazu bewegen, einen Kamm zu kaufen.«

»Und was ist, wenn ich Sie in den Hintern trete?«

»Wenn Sie mich was?«

»In den Hintern treten, mein Herr.«

Die Sache wurde unheimlich. Der Hausierer stand freundlich lächelnd vor mir und zwinkerte mir vertraulich zu, als ob er sagen wollte: Das Leben ist voller Überraschungen. Und die beste Ehefrau von allen war gerade jetzt nicht da.

Ich raffte mich auf:

»Sind Sie verrückt?«

»Warum?« Der Hausierer kam näher und mit ihm seine Alkoholfahne. »Glauben Sie, ich hab mir das nicht gründlich überlegt, mein Herr? Wenn ich Sie jetzt mit voller Wucht trete, wird Ihnen das zunächst einmal

wehtun, nicht wahr? Dann kommen zwei Polizisten und damit beginnen die Schwierigkeiten. Sie können sich darauf verlassen, ich werde vor Gericht unter Eid aussagen, dass Sie mich in unflätiger Weise und noch dazu auf Ungarisch beschimpft haben: ›Geh zum Teufel, du verstunkene Wanze!‹ Dann haben Sie mir einen Kinnhaken angedroht, und was immer ich getan habe, tat ich in Notwehr. Da kaufen Sie doch lieber einen Kamm. Er kostet nur ein halbes Pfund. Hart wie Stahl, mein Herr.«

»Mich werden Sie nicht einschüchtern«, sagte ich mit fester Stimme, und mein Blick schweifte in Richtung Nebenraum. Was macht sie nur so lange?

»Es ist nicht eine Frage des Einschüchterns, mein Herr. Hier geht es um nüchterne Logik«, erklärte der Hausierer. »Erlauben Sie mir einen Vergleich. Irgendein gemeingefährlicher Verrückter kommt daher und stellt Sie vor folgende Alternative: Entweder Sie zahlen ein halbes Pfund, oder Sie gehen auf die Polizei, engagieren einen Rechtsanwalt, unterschreiben Protokolle, forschen Zeugen aus und verplempern weiß Gott wie viele Stunden vor Gericht. Wetten, Sie entscheiden sich für die erste Möglichkeit und zahlen das halbe Pfund, besonders wenn Sie bedenken, dass Sie für dasselbe Geld noch einen erstklassigen Qualitätskamm gratis mitgeliefert bekommen.«

Nach seinem Monolog beugte sich mein Gast über den Tisch und trank meinen Kaffee aus. Dann wartete er geduldig auf Antwort. Ich wollte aufstehen und die beste Ehefrau von allen um Hilfe rufen, aber irgendwie war mir das peinlich.

»Was sind das für Manieren«, stotterte ich. »Sie sind besoffen.«

»Also, dann bitte sehr«, sagte der Hausierer, stellte seinen Bauchladen auf meinen Tisch und begann sein rechtes Hosenbein aufzukrempeln. »Ich verstehe Sie nicht: Polizei, Anwälte, Protokolle, Zeugen. Zahlt sich das aus? Ausländisches Erzeugnis. Hart wie Stahl.«

Ich fühlte, wie mein Kragen immer enger wurde. Und ausgerechnet in so einer Situation steht die beste Ehefrau von allen vor irgendeinem läppischen Spiegel und starrt hinein.

»Also gut«, sagte ich entschlussfreudig. »Sie haben Glück, mein Freund. Der Zufall will es, dass ich ohnehin dringend einen Kamm brauche. Geben Sie mir diesen roten ... oder vielleicht doch den gelben ... nein, lieber den blauen ...«

Ich stöberte nachdenklich in seinem Kammsortiment herum und ließ mir viel Zeit, um dem Kerl zu zeigen, dass ich nicht daran dachte, seinen kindischen Drohungen nachzugeben. Ich wollte einfach die Gelegenheit wahrnehmen, meinen privaten Vorrat an Kämmen aufzufrischen. Ich ging sogar so weit, die Qualität seines Angebotes zu kritisieren, aber er stand nur da und lächelte verständnisvoll. Letzten Endes wählte ich einen grünen Kamm, stahlhart, und bezahlte ihn mit verächtlicher Herablassung.

»Danke«, sagte der Verbrecher, »falls Sie wieder einmal einen Qualitätskamm brauchen, mein Herr, ich pflege immer um diese Tageszeit in diesem Café aufzukreuzen. Es war mir eine Ehre. Auf Wiedersehen!«

Kurz danach kam die beste Ehefrau von allen an den Tisch zurück. Sie blickte lächelnd dem Hausierer nach.

»Dieser Kerl besitzt eine unglaubliche Frechheit«, erzählt sie, »weißt du, was er macht? Du wirst es nicht für möglich halten, aber er attackiert die Gäste! Wenn sie ihm nichts abkaufen, droht er ihnen, sie in den Hintern zu treten.«

»Aber nein«, sagte ich, »du machst Witze.«

»Keine Spur«, antwortete die beste Ehefrau von allen, »manche Gäste haben ihn deswegen schon krumm und lahm geprügelt.«

»Natürlich«, sagte ich, »was denn sonst?«

Nicht, dass wir oft ausgehen. Schließlich haben wir einen Fernsehapparat daheim. Wir hatten ihn nicht immer, denn zuerst einmal waren wir dagegen. Wir weigerten uns, diese Glotzkiste in unser Haus zu bringen, da sie eine Bedrohung unseres Kulturlebens und des geistigen Wachstums unserer Kinder darstellen würde. Dann aber kündigte Präsident Sadat seinen historischen Besuch an, den wir um keinen Preis versäumen wollten. Seitdem steht das Monstrum mitten in unserem Wohnzimmer. Von unserem Kulturleben ist keine Spur übrig geblieben, und die geistige Entwicklung unserer Kinder macht Riesenschritte nach rückwärts. Das ist es, was der Friede mit Ägypten uns angetan hat.

Seit wir der großen Familie von Fernsehzuschauern beigetreten sind, haben wir zwar Ruhe im Nahen Osten, aber nicht in unserem Haus. Leicht zu erraten warum: Ich zum Beispiel will am heimischen Kanal ein Fußball-

spiel sehen, die beste Ehefrau von allen möchte ein paar Tränen vergießen über »Lady Hamilton und Admiral Nelson«, eine uralte Serie, die im benachbarten jordanischen Sender wiederholt wird. Ganz zu schweigen von den Kindern, die alles auf einmal sehen wollen, immer und immer wieder, jetzt auf der Stelle und alles gleich noch einmal.

Ich hasse alte Filme, denn sie erinnern mich daran, was für ein ungeschlachter Lümmel ich in meiner Jugend war. Wohingegen meine Frau eine tief fundierte Abneigung gegen das Fußballspiel hat. Sie hat offenbar diesen Sport nie betrieben. Während der gesamten Übertragungen der vorletzten Fußballweltmeisterschaft hat sie nur einen einzigen Blick auf den Bildschirm geworfen, und da hat gerade irgendein Bulgare den schwarzen Diamanten Pele so gegen den Knöchel getreten, dass er aus dem Verkehr gezogen werden musste.

»So ein Blödian«, sagte meine Frau im Vorübergehen. »Warum tritt er nicht zurück?«

Um mich zu revanchieren stand ich mitten in der Schlacht von Trafalgar am Jordan auf. Der Sturm tobte, der Großmast landete gerade auf Sir Laurence Oliviers Admiralshut, und Lady Hamilton fiel anlässlich einer gefilterten Großaufnahme in eine dekorative Ohnmacht, da also stand ich auf, gähnte ostentativ und sagte beiläufig zu meiner Frau:

»Weck mich auf, Mylady, wenn die Wettervorhersage kommt.«

Zugegeben, solche Dinge sind dem Eheleben nicht gerade zuträglich. Der absolute Tiefpunkt unserer häusli-

chen Beziehungen allerdings wurde erreicht, als das Fernsehen uns jene unvergleichliche britische Fortsetzungsserie bescherte, die uns tagelang an den Schirm fesselte.

Ich führte damals eine Art von Tagebuch über unsere zwischenmenschlichen Beziehungen. Diese Aufzeichnungen sollen dazu dienen, den TV-Effekt auf den Geisteszustand des fernsehenden Ehemannes aufzuzeigen.

Ich, Tiberius Drusus Nero Germanicus Ephraim, hatte während der letzten Monate nichts Wesentlicheres zu tun, als jeden Freitagabend vor dem Fernsehapparat zu sitzen, um die einzelnen Folgen zu sehen, die nach Robert Graves' berühmten Roman »Ich, Claudius, Kaiser und Gott« gestaltet wurden. Es handelte sich um die letzten schönen blutigen Tage des römischen Imperiums.

Während der Woche, zwischen den einzelnen Freitagen, war ich, wie alle, damit beschäftigt herauszufinden, wer wer ist und warum. Mit anderen Worten, ich führte endlose Diskussionen mit den übrigen Mitgliedern meiner Familie, ob Marcellus aus der ersten Folge nun der dritte Sohn Octavias war oder der zweiten Ehe ihres Gatten entspross. Und ob Augustus wirklich der Enkel von Cäsar war oder nur sein Großvater oder beides. Die einzige Persönlichkeit, die diese unübersichtliche Fernsehfamilie aus dem alten Rom zusammenhielt, war die knorrige Figur der Gattin Augustus', die liebe alte Oma Livia. Genau betrachtet war sie die Gattin von mindestens fünfzig Prozent aller Opas in dieser Schauspieler-

truppe, und während der 186 Jahre ihres Lebens ist es ihr gelungen, so ziemlich jeden Kretius und Pletius in ihrer Familie zu vergiften. Ausgenommen nur der dumme Claudius, an den gutes Gift zu verschwenden einfach sinnlos gewesen wäre. Außerdem hätte die Serie ohne ihn ein vorzeitiges Ende gefunden.

Was mich betrifft, so entwickelte ich mit der Zeit einen gewissen Spürsinn: Ich konnte fast immer erraten, wen Oma Livia als Nächsten vergiften würde. Von Freitag zu Freitag schloss ich mit meiner Familie Wetten ab, die ich fast immer gewann.

Unsere häusliche Krise brach irgendwann zwischen der vierten und fünften Fortsetzung aus, als Drusus ins Giftgras biss. Zum gegenwärtigen Zeitpunkt möchte ich nicht näher darauf eingehen, wer oder was Drusus war, solange er noch war. Wollen wir es dabei bewenden lassen, dass gerade in dem Moment, als Oma Livia wieder einmal im Sud rührte, die beste Ehefrau von allen mich ansprach:

»Willst du etwas Obst?«

Ich frage mich, ob es an einem fremden Unterton in ihrer Stimme lag, oder hatten mir die römischen Götter ein Zeichen gegeben? Wie dem auch sei, ich wendete meinen Blick vom vergifteten Bildschirm ab und starrte auf drei sehr reife Bananen im Obstkorb, den meine Frau mir entgegenhielt.

Heiliger Jupiter, sagte ich mir, warum ausgerechnet Bananen?

»Komm schon, nimm eine«, drängte mich die Beste. »Etwas Obst wird dir gut tun, Liebling.«

Liebling? Ich warf ihr einen bohrenden Blick zu und fragte:

»Und dir?«

»Ich mag kein Obst, mein Magen ist ein bisschen durcheinander.«

»Meiner auch.«

Ich rührte diese Bananen nicht an. Schließlich war auch Livia nach außen hin immer sehr freundlich. Ich gehe kein Risiko ein. Nicht, dass ich irgendwelche Beweise gegen die beste Ehefrau von allen hätte. Im Gegenteil, so weit bei Gattinnen möglich, scheint sie mir sehr verlässlich zu sein. Außerdem bin ich ja ihr gesetzlich angetrauter Mann. Aber Drusus war schließlich auch Livias Schwiegersohn oder so etwas. Trotzdem hat sie ihn zehn Minuten vor Schluss der fünften Folge glatt vergiftet.

Wenn ich in diesen Wochen etwas gelernt habe, dann dies: Ein Mann kann, was seine Familie betrifft, nicht vorsichtig genug sein. Man darf nicht vergessen, dass auch Agrippa, er möge in Frieden ruhen, vor zwei oder drei Freitagen Obst angeboten bekam. Um es kurz zu machen: An jenem schwarzen Freitag des Drusus und der gelben Bananen öffnete ich mir selbst eine Konservendose zum Abendessen. Und dachte an Friedrich die Türglocke.

Friedrich war unser Papagei, die Erde werde ihm leicht. Er bewies sich als großer Redner vor dem Herrn und wir mochten ihn alle sehr. Bis zu jenem Tag, da der altkluge Vogel lernte die Glocke nachzumachen. Im Zusammenhang damit ergab sich die Frage: Wie oft kann

ein Mensch aufstehen und die Tür öffnen, um festzustellen, dass niemand dasteht?

»Friedrich wird uns noch ins Grab bringen«, sagte die beste Ehefrau von allen. »Wir hätten ihn niemals kaufen sollen.«

Genau drei Tage nach dieser giftigen Bemerkung fand ich Friedrich mit den Beinchen in der Höhe auf seinem Rücken im Käfig liegen. Ich habe nie herausgefunden, was wirklich die Ursache war, aber in der Nacht der Bananen konnte ich nicht umhin an diesen Vorfall zu denken. Mehr noch, es fielen mir einige weitere seltsame Begebnisse ein, deren wahre Bedeutung ich nicht gleich erkannt hatte.

Zum Beispiel Onkel Egon. Meine Frau konnte ihn nie ausstehen, weil er immer vergaß, den Aschenbecher zu benützen. Und dann, eines Tages beim Abendessen, schob Onkel Egon mit letzter Kraft den grünen Avocadosalat von sich, griff nach seinem Magen und wankte aus dem Zimmer ...

Wir holten sofort den Arzt, der nichts feststellen konnte. Aber wenn man zwei und zwei zusammenzählt, beziehungsweise den Aschenbecher und den Avocadosalat, ist man sofort im Bilde.

Apropos Bild. Dort zeigte man uns gerade den Todeskampf der Herren Gaius und Postumus. Beide gingen Omas Weg, um den Kaiserstuhl für Tiberius zu räumen. Ich glaube, er war der Sohn von Livia Borgia oder so etwas.

Gütiger Himmel, dachte ich mir, kann es sein, dass die beste Ehefrau von allen auch darauf aus ist, die Dinge so

zu wenden, dass *ihre* Kinder alles erben? In dieser Nacht schloss ich kein Auge. Erst im frühen Morgengrauen fiel mir ein, dass ihre Kinder schließlich auch meine Kinder sind, und so gesehen, wozu dann die ganze Veranstaltung?

Um ganz sicherzugehen, schüttete ich meinen Frühstückskaffee in den Ausguss. Der Kaffee hatte eine sehr verdächtige braune Farbe, und sein Geschmack war seltsam bittersüß. Auch das Geräusch, das er während des Abfließens machte, hat mir gar nicht gefallen. Es war so ein verdächtiges Glugg-glugg-glugg ...

Dann aber nahm ich die gelben Bananen und gab sie unserem Hündchen. Franzi weigerte sich sie anzurühren. Sie schnupperte, wurde blass und zog sich mit eingezogenem Schwanz zurück.

Aha, flüsterte ich mir zu, aha. Von nun an werde ich nur jene Speisen akzeptieren, die der Hund zuerst gekostet hat. Wenn nötig, werde ich mich auch an Knochen gewöhnen. Andererseits, warum rührte meine Frau nicht den wunderschönen rötlichen Käse an, den ich ihr aus Holland mitgebracht habe?

Eigenartig.

Augustus starb an Magenbeschwerden. So um die sechste Folge herum hatte er gewisse Zweifel, seine liebe Frau betreffend. Angesichts der systematischen Ausrottung all seiner Brüder, Söhne, Onkel und Neffen war das nicht sehr verwunderlich. An jenem Freitag beschloss der Kaiser keine Speisen mehr anzurühren. Das Einzige, was er zu sich nehmen wollte, waren frische Feigen, direkt vom Baum. Er hat nicht ge-

ahnt, dass seine Allerbeste auch den Baum vergiftet hatte.

Ich verkündete auf der Stelle, dass wir von jetzt an jeden Samstag nur noch in Restaurants essen würden.

»Bei den hohen Preisen?«, fragte mich die beste Ehefrau von allen mit einer deutlichen Aggressivität in der Stimme. »Sei nicht dumm!«

Vor meinem inneren Auge erschien der Geist meines Onkels Sandor aus Hodmezövásárhely.

»Bleib ruhig dumm, mein Junge«, flüsterte der Onkel. »Bleib dumm wie Claudius, und du bleibst am Leben.«

Inzwischen ist Oma Livia selbst dahingeschieden, und die vergiftete Atmosphäre unseres Hauses hat sich ein bisschen entspannt.

Andererseits, wer weiß? Kaiser Caligula könnte kommenden Freitag weiterrühren. Obwohl er, so weit mir bekannt ist, nie mit Gift gearbeitet hat. Er hielt mehr davon, Kehlen durchzuschneiden. Ich fürchte, das ist genau das, was er an den nächsten Freitagen seinen Lieben antun wird …

Schöne Aussichten für mein Familienleben.

7

Es geschah noch zweimal, dass sich die Abneigung der besten Ehefrau von allen gegen die Kulturinstitution Fernsehen dämpfen ließ. Die erste Dämpfung ergab sich, als Frank Sinatras großes Wohltätigkeitskonzert live aus Jerusalem übertragen wurde.

Dass meine Frau eine gewisse Schwäche für den berühmten Starsänger hat, ist allgemein bekannt, und daraus resultieren auch einige Würmer im Apfel unserer sonst glücklichen Ehe. Nicht dass ich etwa eifersüchtig auf Sinatra bin. Schließlich ist nicht anzunehmen, dass zwischen ihm und meiner Frau irgendwelche leidenschaftlichen Beziehungen bestehen. Aber trotzdem, wäre die beste Ehefrau von allen von Frankieboys goldener Stimme fasziniert, ich hätte es verstanden. Schließlich ist sie eine frustrierte Pianistin. Doch es ist ausgerechnet seine männliche Ausstrahlung, nach der sie verrückt ist.

Unter uns, ich bin viel männlicher. Aber lassen wir das.

An jenem Abend, als die beste Ehefrau von allen vor dem Bildschirm saß und bis zum Hals in Frankies Schmalz versunken war, stand ich auf und ging auf Ze-

henspitzen aus dem Zimmer. Niemand ist vollkommen, tröstete ich mich. Ich schwärme für grüne Zwiebeln, meine Frau für Sinatra.

Das zweite Mal verzieh die beste Ehefrau von allen dem Fernsehen aufgrund der erstaunlichen Möglichkeiten, die es verlassenen Ehefrauen erschließt. Diese Entdeckung hatte auch mit dem grandiosen Konzert in Jerusalem zu tun, doch das Bindeglied war diesmal unsere alte Freundin Gloria Birnbaum, Mischas Gattin.

Gloria kam uns besuchen, und wir fanden, dass sie etwas rundlicher geworden war. Sie schien inzwischen auch nicht mehr ganz taufrisch zu sein, doch kratzbürstig wie eh und je. Es war uns in den letzten Monaten zu Ohren gekommen, Gloria habe sich von Mischa scheiden lassen und sei wieder im Rennen. Aber ehe ich sie noch danach fragen konnte, kuschelte sie sich in meinen Lehnstuhl und seufzte:

»Es ist alles anders gekommen, als ich dachte. Und daran ist euer blödes Fernsehen schuld.«

Der Schlamassel, so erfuhren wir, hatte im vergangenen Herbst begonnen.

»Da habe ich Mischa, dieses Schwein, mit seinem Corpus Delicti in unserem Ehebett erwischt«, erzählt unsere Freundin.

»Wirklich im Ehebett?«, fragte die beste Ehefrau von allen.

»Sag ich doch. Ich hab sogar einen Zeugen, Isaak Wechsler, mit dem ich damals ein kleines Techtelmechtel hatte, absolut belanglos, reine Routine, ehrlich. Wir

gehen an jenem Vormittag zu mir nach Hause, Isaak und ich, denn wir haben uns prinzipiell morgens getroffen, und was passiert? Ich öffne nichts ahnend die Haustür, und rufe, nur um ganz sicherzugehen, nach meinem Ehemann. ›Hallo, Mischalein, Liebling, bist du da?‹ Ich habe den Kerl nämlich geliebt. Als keine Antwort kommt, bringe ich Isaak ins Schlafzimmer, und dort – ich werde jetzt noch sauer, wenn ich daran denke – liegt der Schweinekerl mit seiner kleinen Nutte im Bett ...«

»Ekelhaft!«, sagte die beste Ehefrau von allen. Ich schwieg.

»Zum Kotzen. Als er mich kommen hörte, wollte er sich in panischer Eile anziehen, aber der Reißverschluss seiner Hose klemmte. Ich wandte mich auf der Stelle an meinen Rechtsanwalt. Isaak Wechsler, der neben mir auf der Türschwelle stand, kümmerte sich nämlich auch um meine juristischen Probleme. Er sagte prompt, dass ich im Rahmen der Abfindung auch den Wagen verlangen könnte. Mischa ließ es natürlich auf eine gerichtliche Auseinandersetzung ankommen. Sein Anwalt bot mir 20 000 und den Fiat 500. Er schlug vor, dass Mischa den Telefonanschluss bekommen sollte, falls mir unser Sohn Sascha zugesprochen würde. Schließlich haben wir uns darauf geeinigt, dass Sascha am Vormittag bei meiner und am Nachmittag bei Mischas Mutter bleibt. Buchstäblich in letzter Minute konnte ich dann noch das chinesische Teeservice retten. Dafür hat sich mein Mann das Piano geschnappt und sämtliche Glühbirnen in der Wohnung ausgeschraubt. Außerdem hat er wenige Minuten vor mir das ganze

Geld von unserem gemeinsamen Konto abgehoben, der schäbige Gauner.«

»Skandalös!«, bemerkte die beste Ehefrau von allen, die prinzipiell gegen jede Art von Scheidungen ist.

»Es kommt noch schöner«, fuhr Gloria fort, »vor ungefähr zwei Wochen schlug dann auch noch das Fernsehen zu. Der neue Intendant hatte nämlich in letzter Sekunde die Ausstrahlung einer Sendung über das Jahreseinkommen der israelischen Zahnärzte verboten. Da standen sie nun also mit einem Loch im Programm und griffen im Archiv nach der erstbesten Sendung, die ihnen in die Hände kam. Es war die Wohltätigkeitsgala ›Frank Sinatra in Jerusalem‹. Die brachten sie als Wiederholung.«

»Traumhaft. Ich habe die Sendung beim ersten Mal gesehen«, schwelgte meine Frau in seliger Erinnerung. »War ungefähr vor anderthalb Jahren, nicht wahr?«

»Genau. Ich war damals mit Mischa im Konzert. Zu der Zeit liebte ich den Kerl ja noch. Nun gibt es ja doch immer diese Zwischenschnitte aus dem Publikum. Und als Frankie also das Lied ›Strangers in the night‹ singt und an die rührende Stelle kommt, wo er ›schu-bi-du-bi-duu‹ macht, zeigt die Kamera ausgerechnet Mischa und mich in Großaufnahme. Ich flüsterte ihm gerade etwas zu, und es sah aus, als knabberte ich an seinem Ohrläppchen, der Schweinekerl.«

»Aber das war doch vor anderthalb Jahren«, warf ich ein.

»Sicher, aber die Wiederholung war jetzt! Die Hölle brach los. Alle unsere Freunde und Bekannten sahen auf

dem Bildschirm, wie ich am Ohr meines Mannes knabberte, und rannten zum Telefon. ›Wusst ich's ja‹, kreischte mein Friseur, ›wusst ich's ja, dass ihr getrennt nicht leben könnt!‹ Ich versuchte ihm zu erklären, dass es sich um eine Wiederholung handelte, aber es war für die Katz. Das Telefon schellte und schellte. Mein Onkel aus Tiberias verfiel in einen Freudentaumel, eine alte Schulfreundin schluchzte vor Rührung, und meine Flamme Isaak Wechsler verreiste ins Ausland.«

»Wie klug von ihm«, bemerkte die beste Ehefrau von allen. Sie steht immer auf der Seite des gesetzlich angetrauten Ehemannes. Ich meinerseits schwieg.

»Es war eine Katastrophe«, fuhr Gloria fort, »ich schrieb dem Fernsehen, sie sollten den Abend mit Sinatra noch einmal ansetzen und an der Stelle mit dem ›schubi-du-bi-duu‹ und Mischas Ohrläppchen eine Schrift einblenden: AUFGENOMMEN VOR DER SCHEIDUNG. Sie haben abgelehnt. Glaubt ihr, dass ich sie auf Schadenersatz verklagen kann?«

»Du könntest es immerhin versuchen«, meinte meine Gattin.

»Wann kommt denn Isaak Wechsler wieder zurück?«, fragte ich.

»Nächste Woche. Aber inzwischen hat eine Frauenzeitschrift eine ›Ode an die Unzertrennlichkeit‹ veröffentlicht und sie Gloria und Mischa gewidmet. Ehrlich, ich bin am Ende. Mein kleiner Sascha freut sich wie ein Schneekönig. Er steht am Fenster und schreit auf die Straße hinunter: ›Mami und Papi machen bussi-bussi.‹ Ich bin fix und fertig. Pausenlos muss ich Glückwünsche

entgegennehmen. Und stell dir vor, ein paar gemeinsame Freunde haben sogar eine Versöhnungsparty veranstaltet.«

»Du bist hingegangen?«, wollten wir wissen.

»Mischa hielt es für einen hübschen Einfall.«

»Hast du Mischa gesagt?«

»Ja doch! Hab ich das nicht erzählt? Den haben die pausenlosen Anrufe genauso genervt wie mich. Da haben wir beschlossen es noch einmal miteinander zu versuchen. Nur wegen der ewigen Telefonanrufe, ehrlich. Jetzt beantworten wir sie abwechselnd. Also haben wir erst mal die Scheidungskosten eingespart und können den Wagen wieder gemeinsam benützen.«

Sieh an, dachte ich mir, eine klassische Fernsehromanze: Zwei Unterbelichtete finden sich durch die Mattscheibe wieder.

»Herzlichen Glückwunsch«, sagte die beste Ehefrau von allen zu Gloria und fügte gerührt hinzu: »Du solltest Frank Sinatra ein paar Blumen schicken.«

Ich schwieg.

Nun, in Anbetracht dieser glücklichen Wendung innerhalb der gemeinsamen und individuellen Lebensgewohnheiten von Gloria, Mischa und Isaak Wechsler, hatte sogar die beste Ehefrau von allen einige positive Worte für das Fernsehen als Kulturmedium übrig.

»Ich glaube«, sagte sie träumerisch, nachdem uns Gloria verlassen hatte, um an den Busen ihres Gatten zurückzukehren, »ich glaube, dass das Fernsehen mehr Sendungen wiederholen sollte ...«

Nicht etwa, dass meine Frau behaupten würde, die Ehe wäre der Menschheit größte Erfindung seit dem Rad. Nein, sie ist ein Wesen mit klarem Verstand, sie weiß genau, dass die Institution Ehe eine Schnapsidee der modernen Gesellschaft ist. Wenn auch die moderne Gesellschaft dies nie zugeben würde.

Wir hatten einige ausführliche Gespräche zu diesem Thema, meine Beste und ich. Sie stimmte nur zu – wenn auch mit einigen Vorbehalten –, dass die Menschheit durch die Anerkennung der Monogamie als der allein selig machenden Lebensform sich selbst in den ewigen Untergrund der Ehebrüche verdammt hat. Nichts verleitet die Menschen leichter zum gewohnheitsmäßigen Lügen und flotten Betrügen als die moderne Ehe.

Vielleicht mit Ausnahme der zweiten Schnapsidee unserer Gesellschaft, der Einkommensteuer. Man mag es drehen und wenden, wie man will, aber es scheint, dass sowohl die Institution der Ehe als auch die der Steuer sich gegen die menschliche Natur richten. Der Mensch hat, vermutlich durch sein Streben nach Unsterblichkeit, die unwiderstehliche Neugier, immer wieder neue Frauen – oder Männer – wie soll ich es sagen, kennen zu lernen. Es ist derselbe Drang eines existenziellen Urinstinktes, der ihn dazu veranlasst, die Früchte seiner Arbeit nicht mit irgendeiner grauen Maus im Finanzamt zu teilen. Blicken wir doch den Tatsachen mutig ins Auge. Jeder Mann möchte in seinem tiefsten Inneren ein bisschen Junggeselle und ein bisschen Schweizer sein.

»Ich bin ganz deiner Ansicht«, sagte die beste Ehefrau

von allen in einer ihrer gelegentlichen Stunden der Wahrheit. »Die Ehe ist eine absolute Absurdität.«

In diesem Punkt ist sie sehr umgänglich. Wenn auch festgehalten werden muss, dass sie vor unserer Hochzeit über dieses Thema ganz anders dachte. Aber nach mehr als zwanzig Jahren unseres Ehestandes und nach zwei neurotischen Engeln entwickelte die beste Ehefrau von allen eine gewisse Großzügigkeit. Eines regnerischen Tages ging sie sogar so weit, zumindest de jure anzuerkennen, dass ein Mann unter gewissen Umständen eine theoretische Polygamie zumindest in Erwägung ziehen könnte. Ich war zutiefst bewegt, ging vor ihr in die Knie und nannte sie »die wahre Frau des 20. Jahrhunderts«. Ich sagte ihr, dass sie das einzige weibliche Wesen in und außerhalb der Emanzenbewegung sei, welches versteht, dass ein Mann eine selbstständige biologische Einheit ist und schon aus psychosomatischen Gründen hin und wieder einen kleinen Seitensprung auf ein Nebengleis vollziehen sollte.

Wenn ich ganz ehrlich sein will, muss ich zugeben, dass die oben beschriebene perfekte Harmonie unserer Ehe doch etwas gestört wurde, als die beste Ehefrau von allen mit ihrem weiblichen Spürsinn herausfand, dass Petschiks Tochter im Kramladen ihres Vaters in heißen Höschen herumlungerte, das kleine Luder. Und dass ich manchmal einen verstohlenen Blick auf sie riskierte, wenn sie sich über das Olivenfass beugt, um ganz von unten einige schmackhafte Exemplare herauszufischen. Das Unwetter, das aus diesem Anlass über meinem Haupt herniederging, wurde in unserer Nachbarschaft

als die größte Multimediashow in der Geschichte des Fischens bekannt.

Nach dieser gründlichen Erleuchtung wurde mir ein für alle Mal der fundamentale Unterschied zwischen de jure und de facto klar. Ich zog mich daraufhin an meinen Schreibtisch zurück und entwarf ein kleines Drama über abstrakte Polygamie und ein konkretes Eheweib. Genauso wie in Polizeistaaten, wo die Dichter ihre Kritik in Symbolik kleiden müssen, um den Zensor zu hintergehen, schrieb ich diesmal eine Allegorie, und zwar aus genau dem gleichen Grund.

Es ist eine höchst transparente Allegorie. In den Hauptrollen agieren zwei Komödienfiguren in vorgerückten Jahren. Eine von ihnen ist klug, die andere bin ich.

Abends.

Ein uralter Herr sitzt allein auf der Veranda, auf seinen Stock gestützt, einen warmen Schal um den Hals. Er döst vor sich hin.

Seine uralte Frau kommt mit einer Tasse Tee heraus. Ihre Pantoffeln schlurfen über den Boden.

Sie: Du solltest deinen Tee trinken, solange er heiß ist.

Er: Hast du Zucker hineingetan?

Sie: *(setzt sich neben ihn)* Zwei Löffel.

Er: Gut. Ein Mann braucht ein bisschen Wärme. Hast du Zucker hineingetan?

Sie: Zwei Löffel.

Er: *(trinkt seinen Tee. Die Schlürfgeräusche verraten, dass er ihn genießt.)* Hoppla.

Sie: Was ist denn?

Er: Hoppla.

Sie: Was hast du?

Er: Mir fiel eben etwas ein. Ich hab's in irgendeiner Zeitung gelesen. Ein Jude aus dem Jemen hat um die Erlaubnis angesucht sich eine zweite Frau zu nehmen. Angeblich hat das Rabbinat in Jerusalem zugestimmt.

Sie: Ich hab davon gehört.

Er: Er hat keine Zeit vergeudet und gleich noch einmal geheiratet, schon am nächsten Tag.

Sie: Ich hab auch davon gehört.

Er: Das ist doch etwas recht Außergewöhnliches, oder nicht? Ein Mann, der zwei Frauen hat?

Sie: Hältst du es für besser, eine Geliebte zu haben?

Er: Hab ich eine Geliebte?

Sie: Nicht du. Die Männer im Allgemeinen.

Er: Geliebte? Wer kann sich schon so was leisten heutzutage, hoppla.

Sie: Wieso schon wieder hoppla?

Er: Sie dürfen alles, diese orientalischen Juden. Aber wir, wir mussten unter den Bannfluch von diesem Rabbi Gershom geraten. Für uns europäische Juden ist es strengstens verboten, eine zweite Frau zu haben.

Sie: Wann hat er denn gelebt?

Er: Wer?

Sie: Gershom.

Er: Im elften Jahrhundert.

Sie: Warum berufst du dich dann auf ihn? Was geht dich das Mittelalter an? Willst du dahin zurück?

Er: Damit, meine Liebe, triffst du den Nagel auf den

Kopf. Nach uraltem jüdischen Gesetz waren mehrere Frauen nicht nur gestattet, sie waren sogar eine Gottespflicht.

Sie: Siehst du! Warum hast du dann hoppla gesagt?

Er: Ich hatte ganz einfach nicht erwartet, dass du mit so viel Intelligenz gesegnet bist. Ich nahm an, du würdest ein wenig protestieren. *(Schlürft seinen Tee.)* Hör zu, meine Gute, ich hätte nichts dagegen, wenn du mir den Tee stärker brauen würdest, viel stärker …

Sie: Schon gut, schon gut.

Er: Du hast ja hundertprozentig Recht, unsere Vorfahren hatten drei oder vier Frauen. Was sage ich, drei oder vier? Acht.

Sie: Sechzehn!

Er: Und mehr! Hoppla … Ein Mann kann sich von vielen Frauen sexuell angezogen fühlen, von vielen gleichzeitig. Das behaupten alle Anthropologen.

Sie: Wenn die das behaupten, bin ich sicher, dass es stimmt.

Er: Meine Liebe, ab morgen tust du mir etwas Zitrone in meinen Tee. Ich brauche Vitamine, viel Vitamine. Eines kann ich dir sagen: Wenn die beiden Frauen sich bemühen miteinander auszukommen, ist das die ideale Lösung.

Sie: Warum sollten sie das nicht?

Er: Das hängt von ihrem guten Willen ab.

Sie: Versteht sich von selbst. Du würdest mir doch nicht so eine geschwätzige Ziege ins Haus bringen.

Er: Eine Ziege, wieso eine geschwätzige Ziege?

Sie: Die redet mir zu viel.

Er: Nicht alle. Das kannst du nicht so verallgemeinern. Aber wenn du sagst, du willst keine geschwätzige Ziege, dann bringe ich dir auch keine ins Haus.

Sie: Abgesehen davon bietet diese Situation auch viele Möglichkeiten.

Er: Hoppla. *(Schlürft seinen Tee.)* Du glaubst also, dass es funktionieren kann?

Sie: Was kann funktionieren?

Er: Dieses Arrangement.

Sie: Ich finde es sehr praktisch. Zwei Frauen könnten sich die ganze Hausarbeit teilen.

Er: Genau. Darum bin ich auch dafür. Es ist so praktisch.

Sie: Wir stehen beide am Morgen auf. Sie bringt dir den Kaffee ans Bett und ich räume auf und spüle ab.

Er: Sehr richtig. Ihr teilt euch die Arbeit.

Sie: Später gibt sie dir dann deine Tropfen ...

Er: Tropfen, hoppla, die Tropfen.

Sie: Inzwischen bügle ich deine Unterwäsche, trage den Dreck hinaus und lasse ein heißes Bad für dich ein.

Er: Ein lauwarmes. Im Sommer nur ein lauwarmes.

Sie: Hauptsache, dass Abigail glücklich ist.

Er: Abigail?

Sie: Ich hätte so gern, dass du sie Abigail nennst. Meiner Meinung nach passt nur dieser Name zu ihr.

Er: Meine Liebe, du kannst mir nicht solche Vorschriften machen. Was ist, wenn ich keine Abigail finde? Willst du etwa, dass ich die ganze Stadt nach Abigails absuche?

Sie: Ich hoffe, dass sie ein umgängliches Wesen hat.

Wir könnten zusammen zur Schneiderin gehen, zum Supermarkt, in den Kosmetiksalon …

Er: In was für einen Kosmetiksalon willst du?

Sie: Ich doch nicht. Abigail.

Er: Natürlich. Sie muss sich ja schön machen. Das ist sehr wichtig. Cremes, Parfüms und dieser ganze Firlefanz …

Sie: Danach machen wir uns über dich her. Zu gleichen Teilen, gleiches Recht für beide.

Er: Hoppla! … Morgen, meine Beste, tust du auch einen Schuss Brandy in den Tee, ja? Das wird ihm das gewisse Etwas geben.

Sie: Schon gut, ich hab verstanden.

Er: Das muss ich dir lassen, meine Liebe, du bist die wunderbarste Frau in meinem Leben. Zumindest bis jetzt. Ich schwöre dir: Ganz gleich, was auch geschieht, und ganz gleich, was für eine zweite oder dritte Frau in dieses Haus kommt, du wirst immer meine erste, meine echte, meine wahre sein. Die beste Ehefrau von allen.

Sie: Das ist sehr großzügig von dir, mein Schatz.

Er: Nein, nein, in solchen Fällen gibt es verbriefte Vorrechte. Ich habe mich schon eingehend mit dieser Problematik befasst. Die neue Ehefrau muss wissen, was ihr rechtmäßig zusteht. Selbst wenn sie die umwerfendste, bestaussehende Traumfrau auf Gottes Erdboden ist, sie wird in der Rangordnung immer erst nach dir kommen. Außerdem bist du ja auch um einiges älter als sie, nicht wahr?

Sie: Trink deinen Tee. Er wird kalt.

Er: *(immer schläfriger werdend)* Hoppla! Auf einmal

wird alles so einfach. Mit einer Frau wie dir, mit einer Frau, die gesegnet ist mit unendlicher Weisheit ... meine Bewunderung kennt keine Grenzen ... ich ziehe den Hut vor dir ...

Sie: Schön, schön. Zieh den Hut.

Er: Nun habe ich ja tatsächlich schon eine im Auge, lange schon ... Eine, die gar nicht weiß, dass ich sie im Auge habe ... Ich sehe sie immer im Supermarkt, jeden Tag ... Sie ist ein graziöses, zierliches Geschöpf, mit hinreißenden Beinen ... Sie hat so schöne Waden ... ah ... Warum nehme ich sie eigentlich nicht gleich mit nach Hause und wir leben von nun an glücklich miteinander wie drei Tauben ... *(schläft ein)* Drei turtelnde Tauben ... Drei ...

Sie: *(legt einen Schal um seine Schultern. Seufzt.)* Jeden Abend dieselbe Geschichte.

Hoppla. Hat der verehrte Leser den subtilen Wink mit dem Zaunpfahl verstanden?

Ich möchte hier in aller Deutlichkeit feststellen, dass meiner Ansicht nach das Angebot an verheirateten Frauen in zwei Gattungen zerfällt: in engstirnige, die ihren Angetrauten jeden Weg zu anderen Weibern versperren, und in weitherzige, die ihren Männern ohne weiteres erlauben, sporadisch an dergleichen zu denken. Beide Lager, sowohl die Engen als auch die Weiten, sind selbstverständlich absolute Gegnerinnen des aktiven Ehebruchs als solchem. Die beste Ehefrau von allen gehört zur Gruppe der Weiten. In lichten Momenten wird sie sogar zugeben, wie bereits erwähnt, dass die Ehe nichts

anderes ist als ein notwendiger Kompromiss, in dem jeder der beiden Teile sein Möglichstes tut, zur Unbequemlichkeit des anderen beizutragen.

Warum also, meine Herren, bleiben immerhin zwei Drittel aller Paare verheiratet, warum lassen sich nicht alle scheiden?

Ganz einfach, meine Damen, wegen der Kinder. Sie sind der süße Mörtel, der das wacklige Gebäude zusammenhält. Mehr noch: Ich habe manchmal das unangenehme Gefühl, dass die im freien Westen geltenden Ehegesetze in Wahrheit für den Nachwuchs und nicht für die Eltern geschaffen wurden. Auch wenn das den Eltern noch gar nicht zum Bewusstsein gekommen ist.

Ich glaube, ich sehe das richtig. Kürzlich erst schrieb ich einen beachtenswerten Essay zu diesem Thema, und zwar wieder in Form einer dramatisierten Fabel. Der Dialog wird zur Abwechslung nicht von mir und meiner Frau, sondern von zwei sehr jugendlichen Darstellern gesprochen. Vielleicht sind es sogar unsere Kinder.

Amir sitzt mit Ball und gelangweilter Miene da. Renana hüpft zwischen einigen Kreidestrichen umher und stößt einen Stein von einem Kreidefeld ins nächste. Dazu singt sie.

Renana: Wenn ich ein Vöglein wär … und auch zwei Flüglein hätt, …

Amir: *(sitzt da und gähnt)*

Renana: Weißt du, warum Rachel nicht mehr in unsere Schule kommt?

Amir: Nein, warum?

Renana: Weil ihre Eltern nicht mehr zusammenwohnen. Drum haben sie sie in den Kibbuz gesteckt. Komm, spielen wir »zerrüttete Ehe«.

Amir: Nein, ich hab keine Lust. Ich bin durstig.

Renana: Mami kommt bald und wird dir zu trinken geben. Komm, spielen wir »taube Großeltern«.

Amir: Nein! Ich will nicht so schreien.

Renana: Dann spielen wir »Papi und Mami«, ja?

Amir: Schon wieder?

Renana: Sei nicht ekelhaft. Spielen wir »Vater und Mutter«, bitte.

Amir: Ich will nicht »Vater und Mutter« spielen, und du weißt genau, warum ich das nicht will. Du fängst immer an zu küssen und zu knutschen, und das kann ich nicht ausstehen.

Renana: Ich versprech dir, dass ich nicht knutschen werde. Bitte, spiel »Papi und Mami« mit mir.

Amir: Nein.

Renana: *(holt ein Lutschbonbon aus ihrer Tasche)* Schau, was ich da habe.

Amir: Wo hast du das her?

Renana: Geht dich gar nichts an. Wenn du mit mir spielst, kriegst du's.

Amir: Ehrenwort?

Renana: Großes Ehrenwort.

Amir: Okay, dann spiel ich mit. Aber ohne Küssen und Knutschen.

Renana: Okay, versprochen.

Amir: Okay. Fertig?

Renana: Okay. Fang an.

Amir: Okay. Also, du bist eben nach Hause gekommen.

Renana: Okay. Ich bin da. *(Souffliert:)* »Wo bist du gewesen?«

Amir: Ich weiß meinen Text … Also los! Wo bist du den ganzen Tag gewesen?

Renana: Ich war zu Besuch bei Shirli.

Amir: Du willst mir einreden, dass du von 12 Uhr mittags bis 9 Uhr abends bei deiner Freundin warst?

Renana: Wenn du mir nicht glaubst, dann ruf doch Shirli an und frag sie.

Amir: Ist das ein Benehmen, den ganzen Tag ausfliegen und mich mit den Kindern allein zu lassen?

Renana: Entschuldige vielmals. Dass ich mit dir verheiratet bin heißt noch lange nicht, dass ich die Absicht habe, deine Sklavin zu sein.

Amir: Wer sagt nur, dass du wirklich bei Shirli warst?

Renana: Könntest du mir bitte sagen, woher du dir das Recht nimmst, meine Worte anzuzweifeln?

Amir: Wer bist du überhaupt, dass du mir das Recht streitig machst, deine Worte anzuzweifeln, entschuldige vielmals.

Renana: Wer hat dich ermächtigt mich zu fragen, wer ich überhaupt bin, dass ich dir das Recht streitig mache, meine Worte anzuzweifeln, kannst du mir das bitte sagen?

Amir: Woher nimmst du die Frechheit mich zu fragen, wer mich ermächtigt hat, dich zu fragen, wer du überhaupt bist, dass du mir das Recht streitig machst, deine Worte anzuzweifeln, entschuldige vielmals.

Renana: Hör auf zu schreien. Die Kinder schlafen. Sie müssen nicht alles wissen, was in diesem Haus vorgeht.

Amir: Sie schlafen tief und fest. Die bekommen nichts mit.

Renana: *(schaut in Richtung Kinderschlafzimmer)* Amir hat schon wieder seine Decke hinuntergestrampelt. Ich möchte wissen, warum der Kleine so nervös ist.

Amir: *(schaut auch)* Ganz verschwitzt, das Kind.

Renana: Wir sollten mit ihm zum Arzt gehen.

Amir: Dann geh doch. Du könntest wirklich einmal etwas Nützliches tun, statt den ganzen Tag bei Shirli herumzusitzen und zu klatschen und zu tratschen.

Renana: Was denn sollte ich den ganzen Tag tun? Warten, bis du die Gnade hast, mir zehn Minuten lang dein Angesicht zu zeigen?

Amir: Ich bin eben Schwerarbeiter.

Renana: Schwerarbeiter? Gestatte, dass ich lache. Haha!

Amir: Wie komm ich eigentlich dazu, mir in meinem eigenen Haus diesen »Unsinn« anzuhören?

Renana: Wenn du die Güte hättest auszuziehen, bräuchtest du dir diesen »Unsinn« nie mehr anzuhören.

Amir: Sag das nicht noch einmal. Wenn du's genau wissen willst, ich trage mich schon lange mit dem Gedanken, auf und davon zu gehen.

(Kleine Pause. Spannung.)

Renana: *(souffliert)* »Was ist denn los, Amir?«

Amir: Ich weiß ja meinen Text … Was ist denn los, Amir, bist du durstig? Papi bringt dir ein Glas Wasser.

(Zu Renana) Amir könnte sich auch einmal etwas Neues einfallen lassen. *(Er spielt »Wasserholen«.)* Scheiße.

Renana: *(hüpft inzwischen wieder herum)* »Wenn ich ein Vöglein wär ...«

Amir: *(kommt zurück)* Amir war gar nicht durstig.

Renana: Parlez français. Les enfants écoutent.

Amir: Est-ce qu'ils nous ont entendu?

Renana: Non, ils dorment ... Genug von dem blöden Französisch.

Amir: Okay. Wo sind wir stehen geblieben?

Renana: Du hast gesagt, dass du schon längst auf und davon gehen wolltest.

Amir: Hab ich nicht gesagt. Ich hab gesagt, dass ich mich mit dem Gedanken trage.

Renana: Dann pack doch deine Sachen zusammen und verschwinde.

Amir: So sprichst du mit dem Vater deiner Kinder?

Renana: Du verdienst nichts Besseres, du alter Esel. Zieh ab und lass mich endlich mit meinen Kindern allein.

Amir: Das könnte dir so passen, du dumme Pute. Glaubst du, dass ich jemals auf die kleinen Engel verzichte?

Renana: Und glaubst du, dass ich jemals auf die kleinen Engel verzichte?

Beide: Sie haben es gut, sie kennen das Leben noch nicht. Was haben sie schon vom Leben zu erwarten, ohne Vater?

Renana: Die zwei kleinen Engel.

Amir: Nein, das hatten wir schon. Mami sagt: »Zwei arme Würmchen.«

Renana: Okay, Würmchen. Was soll nur aus ihnen werden?

Amir: Nein, nein, ich hab's nicht so gemeint, o mein Gott! Glaubst du wirklich, dass ich meine Kinder verlassen könnte? Niemals, eher würde ich sterben.

Renana: Gott behüte. Was täte ich dann ohne dich?

Amir: Sarah!

Renana: Ephraim! *(Sie fällt ihm um den Hals und knutscht ihn ab.)*

Amir: *(befreit sich mühsam)* Ich hab's doch gewusst! Ich hab's gewusst, dass du wieder zu knutschen anfängst! Siehst du, drum will ich nicht »Vater und Mutter« spielen.

Renana: Kann ich vielleicht was dafür, dass sich Papi und Mami immer wieder wegen uns versöhnen?

Amir: Rachel hat's gut. Ihre Eltern wohnen nicht mehr zusammen. Die müssen sich nicht mehr versöhnen und abknutschen. Und jetzt will ich mein Lutschbonbon haben.

Renana: Kommt nicht infrage.

Amir: Du hast mir's versprochen.

Renana: Jetzt mag ich nicht mehr. Das war überhaupt kein schönes Spiel heute. Du bist auch nicht besser als dein Vater. *(Sie beginnt seelenruhig wieder herumzuhüpfen)* Wenn ich ein Vöglein wär … und auch zwei Flüglein hätt …

Will man aus der sprühenden Intelligenz der beiden Kleinen meines Minidramas Schlüsse ziehen, dann ruht meine Ehe mit der besten Ehefrau von allen auf ziemlich

sicheren Fundamenten. Wenn es trotzdem zu einem gelegentlichen Knacks kommt, dann rührt er nicht von emotionellen, oder vorsichtig ausgedrückt, pseudosexologischen Gründen her. Nein, so ein Knacks wird uns von außen ins Haus geliefert. Ich denke dabei an die rüde Einmischung der zehnten Muse, beziehungsweise der kinematographischen Kunst, in unser Privatleben.

Vor einigen Monaten gingen wir beispielsweise ins Kino und sahen den Film »Kramer gegen Kramer«. Das war ein Fehler. Wie Sie vermutlich wissen, geschieht in diesem Film Folgendes: Frau Kramer, Dustin Hoffmans blonde Gattin, geht eines Tages in sich und findet dort ihre eigene Wahrheit. »Wie zum Teufel komm ich eigentlich dazu, mit einem kleinen Kind am Hals sinnlos herumzusitzen und darauf zu warten, dass mein Herr Gemahl nach Hause kommt, die Tür mit seinem Schlüssel aufsperrt, es ist immer der gleiche blöde Schlüssel, und dann sein Abendessen vom ewig gleichen Teller stumm in sich hineinschaufelt?« Frau Hoffman fragte sich empört: »Soll das alles sein? Ist das mein Leben?« Und schon geht sie los, ermutigt von Drehbuchautor und Regisseur, um ihr wahres Ich zu suchen. So gelangt sie an die Westküste, wird emanzipiert und lässt ihren Hoffman endgültig sitzen.

Das war natürlich ein schwerer Fehler.

Denn am Morgen nach dem Kinobesuch ertappte ich meine Gattin dabei, wie sie gleich nach dem Aufwachen nachdenklich ins Leere starrte.

»Ich hab genug«, verkündete sie missmutig, »ich bin

es leid, jeden Morgen dieselben zwei Füße in meine Pantoffeln steigen zu sehen.«

Natürlich war mir sofort klar, dass sie den Kramer-Virus hatte. Es konnte gar nichts anderes sein, denn kurz danach fragte sie mich, während sie angestrengt ihr Spiegelbild betrachtete, ob es mir nicht aufgefallen wäre, dass wir seit urdenklichen Zeiten immer und immer wieder dieselben Dinge verrichteten.

Ich pflichtete ihr bei. Auch ich habe mich schon oft gefragt, ob ich nichts Besseres zu tun hätte, als immer wieder ein- und auszuatmen, von früh bis spät, ohne jede Abwechslung, genau wie ein hirnloser Roboter.

Noch während meiner Worte zog sich meine Gemahlin vollkommen in den Spiegel zurück. Ihr Blick schweifte weit über Berge und Einbauküchen hinweg und führte zu der unvermeidlichen Frage:

»Sag mir doch, Ephraim, was mache ich hier eigentlich? Und überhaupt, wer bin ich?«

Ich musste mir eingestehen, dass ich an dieses Problem noch nicht allzu viele Gedanken verschwendet hatte. Aber nun, da sie selbst die Rede darauf brachte, musste ich mich ernstlich fragen: Tatsächlich. Was sucht sie eigentlich in meinem Haus?

»Liebling«, bemerkte ich, »wenn du beabsichtigen solltest deine Haare blond zu färben, warum sagst du mir das nicht gleich ohne Umschweife?«

Sie ließ mich wortlos stehen und kam erst gegen Abend wieder. Ihre stoische Selbstbeherrschung ließ mich Gefahr wittern.

»Ich habe nichts gegen dich, Ephraim«, informierte

sie mich. »Das ganze Problem tangiert nur mich und mein Ego. Weißt du, was ich den ganzen Tag lang getan habe? Ich habe nachgedacht: Was bin ich? Wer bin ich? Wo finde ich meine wahre Identität?«

»Du bist meine Frau«, sagte ich hilfreich. »Frau Kishon. Das steht in deiner Identitätskarte.«

»Ja, aber warum bin ich ich?«

Eine gute Frage. Wenn sie an jenem vernieselten Mittwoch vor zwanzig Jahren statt mich Dr. Joseph Friedlaender geheiratet hätte, dann wäre sie jetzt nicht meine Frau, sondern Frau Friedlaender, ohne Zweifel.

»Das ganze Leben«, sagte sie mit einem traurigen Lächeln, »ist nur Zufall.«

Wem sagt sie das? Wir hätten genauso gut auch in ein anderes Kino gehen können.

Die beste Ehefrau von allen zog sich in ihr Zimmer zurück und erschien erst zur Abendschau wieder. Ein Blick in ihr Antlitz kündigte mir an, dass ich bald mit Simone de Beauvoir konfrontiert würde. Die große französische Autorin kam tatsächlich daher, als ich gerade beim Zähneputzen war. Das heißt natürlich, meine Frau kam daher, und zwar mit Simones Buch »Das andere Geschlecht« in der Hand.

»Voilà«, sagte sie, »diese fabelhafte Frau lebte 42 Jahre lang mit Sartre zusammen, und sie hat ihn nie geheiratet. Und warum glaubst du, tat sie es nicht?«

»Vielleicht hat Sartre nie um ihre Hand angehalten.«

Mein Weib blickte in den Spiegel und studierte eingehend das Profil ihrer Identität.

»Sehen wir doch den Tatsachen ins Auge, Ephraim.

Seit ich denken kann, lebe ich in Abhängigkeit. Zuerst war ich meinen Eltern hörig, dann meinen Kindern. Und du, gib's doch zu, du hast mich nur geheiratet, um mich zu deiner Haushälterin zu machen.«

»Das wollte ich nicht«, entschuldigte ich mich. »Das Leben ist voller Abhängigkeiten. Als ich dir beispielsweise ein paar Tage vor der Hochzeit sagte, dass ich noch etwas Zeit zum Überlegen brauchte, hast du, wenn ich mich recht erinnere, einen grandiosen Tobsuchtsanfall bekommen.«

»Schon möglich«, sagte die Beste, in süßen Erinnerungen schwelgend, »aber damals wusste ich noch nicht, worauf ich mich einließ.«

Mein Gott, betete ich lautlos, bewahre mich wenigstens vor Hara Krishna. Von mir aus kann sie blond, braun oder schwarz werden, aber ich will keine kahle Frau zu Hause haben.

Warum zum Teufel mussten wir auch ausgerechnet in diesen Film gehen? Hätten wir uns nicht genauso gut irgendetwas Harmloses ansehen können?

Zum Beispiel »Apocalypse now«.

»Ich glaube, ich werde meinen BH ausziehen«, teilte die nachdenklichste aller Ehefrauen ihrem Spiegelbild mit. »Ich muss mich selbst finden, Ephraim. Ich will mein eigenes Leben führen.«

Wir hätten auch zum »Exorzisten« gehen können. Der hätte gleich Frau Hoffman austreiben können.

»Und ich will mich für keinen Mann schön machen müssen«, fuhr meine Gattin fort. »Es ist mir egal, was du davon hältst. Ich werde keine dummen grünen Striche

mehr um meine Augen malen, und mein Haar wird nicht mehr mit Henna getönt. Ich will stolz sein auf den silbrigen Schimmer. Ab heute verstelle ich mich nicht mehr. Ich werde Torten und Eiscreme essen, bis ich platze. Ich bin nämlich keineswegs dein Sex-Objekt, mein Lieber. Von nun an wirst du mich so nehmen müssen, wie ich wirklich bin.«

Ich wagte keine Widerrede. Mir war alles recht, solange sie sich nicht kahl scheren ließ.

»Simone«, sie war nicht mehr zu bremsen, »Simone Signoret sagte einmal: ›Meine Runzeln sind ein Teil von mir. Wer mich sucht, findet mich in meinen Runzeln‹.«

Ich muss feststellen, dass es einen gewissen Überschuss an Simones gibt.

»Ich will mich einmal von einer höheren Perspektive aus sehen. Ich muss mir beweisen, dass ich lebe, dass ich existiere, hier und jetzt. Ich will unabhängig werden, hörst du? Ich werde auf die Universität gehen und Literatur studieren. Und Teppichweben will ich lernen, eine einfache Kellnerin will ich sein, eine Astronautin, egal was – wichtig ist nur, dass *ich* es bin!«

Sie rauschte davon, sperrte ihr Ego gemeinsam mit den beiden Simones in ihr Zimmer und telefonierte während der nächsten Stunden mit Freundinnen, die sich auch selbst suchten.

Am Freitag kam sie mit einem nagelneuen Koffer nach Hause, und ich wurde ernstlich besorgt. Wenn sie mich verlässt, bin ich verloren. Ohne sie würde ich, wie schon erwähnt, nie mehr im letzten Moment Kinokarten bekommen. Ich ging zu meiner Mutter.

Sie heißt übrigens auch Hoffman. Sicher eine symbolträchtige Tatsache. Nur heißt sie nicht Dustin, sondern Elisabeth.

Ich sagte ihr, dass meine Frau eben drauf und dran wäre, sich selbst zu suchen.

»Ja, ja«, sagte meine Mutter, »im Leben jeder reifen Frau kommt der Augenblick, da sie begreift, dass ihr Weg ins Nichts führt. Die Ideale der Jugendzeit sind verblasst und nun sucht ihr rastloser Geist neue Aufgaben.«

Meine Mutter ist beinahe neunzig, aber sie ist nicht nur im Vollbesitz ihrer geistigen Kräfte, sie weiß sie auch anzuwenden.

»Also«, fragte ich sie, »was soll ich machen?«

»Mein Junge«, sagte meine Mutter, »kauf ihr eine Handtasche aus echtem Krokodilleder.«

»Aber Mama«, schrie ich verzweifelt, »du weißt doch, dass sie Kisten und Kästen voller Handtaschen hat. Was ist das Besondere an Krokotaschen?«

»Der Preis, mein Junge, der Preis.«

Ich fuhr in die Stadt und kaufte die krokodilste Tasche, die zu finden war. Ein Ding voller braun-grüner Warzen und Höcker. Was den Preis betrifft, so reduzierte er unser Bankkonto auf den Status von Rufen-Sie-möglichst-bald-Ihre-Bank-an-und-verlangen-Sie-Herrn-Rosenthal.

Zu Hause fand ich die Beste vor einem Spiegel und einem halb gepackten Koffer. Ihre Miene hatte etwas von »Adieu, Ephraim« an sich. Es war genau wie bei Frau Dustin, nachdem die Wanderlust sie gepackt hatte. Schnell entfernte ich das Packpapier von den grünen

Warzen und offerierte dieselben meiner Gemahlin. Was nun folgte, ist schwer zu beschreiben. Ein elektrischer Schlag ging durch ihren ganzen Körper, mit zitternden Fingern griff sie nach der Tasche, eine euphorische Röte verfärbte ihr Antlitz und ein ekstatisches Lächelnd flatterte um ihren Mund.

»Kroko«, flüsterte sie, »echt Kroko.«

Sie flog mir um den Hals und küsste mich, bis ich schwindlig wurde. Im Hintergrund rauschten die Geigen auf, eine Lerche sang – oder war's die Nachtigall? –, Blumen erblühten und über dem endlosen Horizont dämmerte ein neuer Tag.

»Ich hab schon immer davon geträumt«, sagte die beste Ehefrau von allen mit tränenerstickter Stimme, »aber ich hätte niemals gewagt …«

Sie warf dem wundersamen Lederprodukt einen Blick voll inbrünstiger Leidenschaft zu. Und dann entdeckte sie in ihm, was sie tagaus, tagein gesucht hatte – ihre wahre Identität. Sie hatte plötzlich ihr eigenes Selbst wieder gefunden. Das selbsteste Selbst ihres Lebens – eine Krokodil-Handtasche.

8

Hoffmans Erzählungen kamen dank eines anonymen Krokodils zu einem guten Ende, und unser häusliches Leben kehrte wieder zu seiner friedlichen Koexistenz zurück. Daher ist es nun an der Zeit, einige harte, man könnte auch sagen, intime Tatsachen auf den Tisch zu legen.

Ich möchte nun von gelegentlichen Scharmützeln zwischen der besten Ehefrau von allen und mir berichten, obwohl das Grundthema dieses Buches bemüht ist, sich einer optimistischen Gratwanderung zu befleißigen. Ich habe lange darüber nachgedacht und kam zu dem Schluss, dass unsere Zwistigkeiten sich immer um gemeinsame Besitztümer ranken. Wie das Telefon, das Auto oder die Kinder. Was das Telefon betrifft, so habe ich den Stachel aus unserem Fleisch einfach dadurch entfernt, dass ich meine Allerbeste mit einem Apparat versehen habe, der nur für sie ganz allein läutet.

Im Hinblick auf die Kinder haben wir ein Gentlemen's Agreement erzielt. Wir haben die Sorgepflicht aufgeteilt. Die beste Ehefrau von allen kümmert sich um die Kinder bei Tag, ich bei Nacht.

Bleibt noch das Auto. Wie jedes Kind weiß, ist der gemeinsame Besitz eines Wagens gleichbedeutend mit der Aufbewahrung einer Zeitbombe im Haus. Unser Dilemma ist ein besonders unlösbares, und zwar deshalb, weil wir beide ausgesprochene Autonarren sind, die ständig hin und her und kreuz und quer fahren. Nicht, weil wir so dringend wohin müssten, sondern aus Spaß an der Freude. Die Krankheitsgeschichte dieser irren Leidenschaft ist – wer hätte das erwartet? – in einem meiner früheren Bücher niedergelegt.

Klar, dass nach dieser Introduktion wieder ein Eigenplagiat kommen muss. Es ist das vorletzte, ich schwöre. Auch bei rabiatester Ablehnung von Altwaren wird der objektive Leser zugeben müssen, dass dieses Buch ohne diese Wagen-Geschichte keine wahre Auto-Biografie geworden wäre.

Was wir hier beschreiben wollen, sind die Kümmernisse, die von Autofahrten im Kreis der Familie herrühren. Kaum bin ich nämlich zehn Meter gefahren, stößt die beste Ehefrau von allen ihren ersten schrillen Schrei aus: »Rot! *Rot!*« Oder: »Ein Radfahrer! *Gib auf den Radfahrer Acht!*«

Diese Begleittexte kommen immer paarweise: der erste mit einem Rufzeichen, der zweite im Sperrdruck. Früher einmal versuchte ich meiner Gattin beizubringen, dass ich seit meiner Kindheit einen Führerschein besitze und noch keines einzigen Vergehens gegen die Verkehrsordnung schuldig geworden bin, dass ich ebenso viele Augen habe wie sie, vielleicht sogar mehr,

und dass ich sehr gut ohne ihren Sperrdruck auskommen kann. Seit einigen Jahren habe ich diesen Zuspruch aufgegeben. Es hilft nichts. Sie hört mir einfach nicht zu. Sie ihrerseits hat mit demselben Wagen schon elf Verkehrsstrafen bekommen, aber an denen bin ich schuld.

Es kann geschehen, dass wir durch eine völlig menschenleere Straße fahren, und plötzlich dringt ihr Schreckensruf an mein Ohr:

»Ephraim! *Ephraim!*«

Ich reiße das Steuer herum, gerate auf den Gehsteig, stoße zwei Abfallkübel um und krache in den Rollbalken einer Wäscherei. Dann stelle ich die Reste des Motors ab und blicke um mich. Weit und breit ist nichts und niemand zu sehen. Die Straße ist so verlassen wie der unwirtlichste Teil der Negev-Wüste.

»Warum hast du geschrien?«, erkundige ich mich und füge im Sperrdruck hinzu: *»Warum hast du geschrien?«*

»Weil du unkonzentriert gefahren bist. Überhaupt, wie du fährst! *Wie du fährst!*« Und sie schnallt demonstrativ ihren Sicherheitsgurt etwas fester.

Die Kinder nehmen natürlich Partei für Mami. Das erste Tier, das meine kleine Tochter Renana erkennen lernte, war ein Zebrastreifen. *Ein Zebrastreifen!* Auch ihr Großvater stellt oft und gerne fest, dass ich wie ein Verrückter fahre. *Wie ein Verrückter!* Neulich nahm er mich zur Seite, um von Mann zu Mann ein paar mahnende Worte an mich zu richten:

»Du hast doch Sorgen genug, mein Junge. Du bist ein schöpferischer Mensch. Du denkst beim Fahren an alles

Mögliche. Warum überlässt du es nicht meiner Tochter?«

Auch die Kinder haben es schon gelernt:

»Papi«, tönt es von den Hintersitzen, »du bist nicht konzentriert. Lass doch Mami, *lass doch Mami* ...«

Diese entwürdigenden Sticheleien finden ihre Fortsetzung, wenn ich nach Hause komme. »Es ist nur Papi«, ruft mein rothaariger Sohn Amir in die Küche. »Nichts ist passiert.«

Warum soll etwas passiert sein? Und warum »nur« Papi?

Und ihre Mutter unterstützt sie noch:

»Ich würde lachen, wenn dich jetzt ein Verkehrspolizist erwischt! *Ich würde lachen!*« Oder: »Das kostet dich den Führerschein! *Das kostet dich den Führerschein!*«

Laut eigener Aussage kann sie sich nur entspannen, wenn sie selbst fährt. Manchmal entwendet sie mir das Lenkrad mit Gewalt und unter lautem Beifall der Galerie. Bisher ist sie zweimal mit je einem Fernlaster zusammengestoßen, einmal mit einem Klavier, hat mehrere Parkometer umgelegt und ungezählte Katzen überfahren.

»Weil deine wilde Fahrerei mich ansteckt«, erläutert sie.

Neuerdings beteiligt sich sogar unsere Hündin Franzi an der gegen mich gerichteten Verschwörung. In jeder Kurve steckt sie den Kopf zum Fenster hinaus und bellt laut und scharf: »Wau! *Wau!*« Zweimal. Das zweite Mal im Sperrdruck. Sie will, so dolmetscht meine Mitfahrerin, zum Ausdruck bringen, dass ich das Lenkrad mit

beiden Händen halten soll. Wie jeder andere. *Wie jeder andere!*

Es gibt auch rückwirkende Zurechtweisungen. Zum Beispiel passiere ich glatt und anstandslos zwei Fußgänger und werde nach ein paar Metern von der besten Ehefrau von allen vorwurfsvoll gefragt:

»Hast du sie gesehen: *Hast du sie gesehen?*«

Natürlich habe ich sie gesehen. *Natürlich habe ich sie gesehen.* Sonst hätte ich sie ja niedergefahren oder wenigstens gestreift, nicht wahr.

»Was machst du denn, um Gottes willen!«, lautet der nächste Mahnruf. *»Was machst du?«*

»Ich mache 45 Kilometer in der Stunde.«

»Du wirst noch im Krankenhaus enden. Oder im Gefängnis. *Oder im Krankenhaus!*«

Sie selbst fährt einen Stundendurchschnitt von 120 km, was ungefähr der Schnelligkeitsrate ihrer Kommentare entspricht. Unlängst riss sie den Wagen an sich, sauste zum Supermarkt und wurde unterwegs von einer Verkehrsampel angefahren. Sie kroch unter den Trümmern hervor, bleich, aber ungebrochen, und seither folgt mir ihr vorwurfsvoller Blick auf Schritt und Tritt.

»Stell dir vor, du armer Kerl«, will dieser Blick bedeuten, »stell dir vor, was für ein Unglück es gegeben hätte, wenn *du* gefahren wärst.«

Ich bin nach längerem Nachdenken zu dem Entschluss gelangt, mir die bewährte Do-it-yourself-Methode zu Eigen zu machen, und tatsächlich geht es jetzt viel besser. Um meiner Familie jede Aufregung zu ersparen, stoße ich selbst die entsprechenden Vorwarnungen aus:

»Nach fünfzig Metern kommt ein Stoppzeichen«, verlautbare ich bei einer Stundengeschwindigkeit von 30 km. *»Ein Stoppzeichen nach fünfzig Metern!«* Oder: »Nicht bei Gelb, Ephraim! *Nicht bei Gelb!*« Und nachdem ich über eine harmlose Kurve hinweggekommen bin: »Wie ich fahre! *Wie ich fahre!*«

Auf diese Weise herrscht in meinem Wagen nun doch eine Art von Fahrerfrieden. Die beste Ehefrau von allen sitzt mit zusammengepressten Lippen neben mir, die Kinder verachten mich stumm, der Hund bellt zweimal und ich fahre langsam aus der Haut.

Die Endlösung konnte natürlich nur eine sein: Ich schaffte für meine Fahrlehrerin einen zweiten Wagen an. Daher steht seit einiger Zeit der Kleinwagen meiner Frau Gemahlin Stoßstange an Stoßstange neben dem meinen.

Es ist ein ziemlich großer Kleinwagen, der nur einen einzigen Fehler hat: Er fährt nicht. Genauer gesagt: Er fährt, aber nur, wenn man die Handbremse löst. Das heißt, er fährt nicht. Die beste Ehefrau von allen vergisst nämlich mit Vorliebe die Handbremse zu lösen. Und das lähmt die Zugkraft des Wagens. Er kommt über ein paar ruckartige Ansätze nicht hinaus. Als Nächstes beginnen dann die Reifen zu rauchen. Überdies verbreiten sie einen merkwürdigen Gestank, wie nach verbranntem Gummi oder Kautschuk.

Wenn es so weit ist, ruft meine Frau aus einer stadteinwärts gelegenen Werkstatt den Mechaniker Mike herbei.

»Mike«, sagte sie, »als ich heute Vormittag –«

»Ich weiß«, antwortet Mike. »Machen Sie die Handbremse los.«

Andererseits hat das handbremsenfeindliche Verhalten meiner Frau auch seine Vorteile. Sie ist dadurch leichter zu orten. Wenn ich sie zu Hause vergebens suche und wissen möchte, wo sie sich gerade befindet, brauche ich nur aufs Dach zu steigen und meine Blicke in Richtung Stadt zu lenken. Dort, wo eine kleine Rauchsäule aufsteigt, ist Frau Kishon. Eine sehr praktische Methode; allerdings keine sehr originelle, denn auch Indianer und Kardinäle verwenden Rauchzeichen.

Das Glück, wie man weiß, ist mit den dümmeren Bataillonen und sorgt dafür, dass der Kleinwagen meiner Frau nicht zu Schutt und Asche verbrennt. Im entscheidenden Augenblick, kurz vor dem tödlichen Infarkt, geht ihm das Benzin aus. Dann holt er tief Atem, hustet noch ein- oder zweimal und bleibt stehen.

Warum fährt meine Frau immer bis zum letzten Tropfen Benzin und noch ein paar Tropfen darüber hinaus? Warum tankt sie nicht rechtzeitig? Künftige Forscher werden das entscheiden müssen. Mir ist es ein Rätsel. Vielleicht hofft sie, dass man irgendwo in Galiläa auf Öl stoßen wird. Vielleicht wartet sie auf ein ähnliches Wunder, wie es sich damals bei der Wiedereroberung des Tempels in Jerusalem begeben hat, als ein kleines Öllämpchen den Makkabäern trotz des Embargos sieben Tage und sieben Nächte lang brannte – zur Erinnerung daran feiern wir ja noch heute unser eigenes, Chanukka genanntes Lichterfest. Vielleicht wohnt der tiefe

Glaube in ihr, Gott werde sie sieben Tage und sieben Nächte lang mit einem leeren Tank fahren lassen.

Vorläufig jedoch geschieht nichts dergleichen, der Wagen hustet und bleibt stehen, und da meistens der Ehemann der besten Ehefrau von allen neben ihr sitzt, wendet sie sich an ihn und sagt:

»O weh. Mir scheint, wir haben kein Benzin mehr. Geh welches holen.«

Da wir auf einem Zebrastreifen stehen, bleibt mir nichts anderes übrig. Es ist, als erwachte ein klassisches Ölgemälde, betitelt »Mann mit Kanister«, plötzlich zum Leben. Der Kanister liegt im Kofferraum und müsste eigentlich eine Treibstoffreserve enthalten. Leider vergisst meine Frau ihn zu füllen. Oder wenn sie ihn füllt, vergisst sie ihn zuzuschrauben, und da wäre es mir immer noch lieber, dass sie ihn zu füllen vergäße. Jedenfalls haben wir kein Benzin. Manchmal haben wir auch keinen Kanister, nicht einmal einen leeren. Dann muss ich mich eben vor einen herankommenden Wagen werfen und darauf vertrauen, dass der erschrockene Fahrer uns im Tausch gegen eine nicht erfolgende Schadenersatzklage etwas Benzin überlässt. Dieser erpresste Treibstoff wird durch einen stinkenden Gummischlauch aus dem Tank des Spenders gesaust, und die saugende Person ist immer der gesetzlich angetraute Ehemann meiner Frau. Ich habe mit der Zeit gewisse Vorliebe für Esso Super Oktan 96 entwickelt.

Nun mag ja die nicht gelöste Handbremse eine Folge von Vergesslichkeit sein. Der nicht gefüllte Tank ist jedoch eine Folge von kühler, wohl durchdachter Berech-

nung von Seiten meiner Frau. Sie hat das Handbuch, das die Erzeugerfirma jedem Wagen mitgibt, sorgfältig gelesen, und dort steht schwarz auf weiß:

»Wenn der Benzinanzeiger die rote Linie erreicht, enthält der Tank noch Treibstoff für etwa 8 km.«

»Alles in Ordnung«, beginnt Madame ihren inneren Monolog. »Der Zeiger steht auf Rot, ich habe noch acht oder neun Kilometer bis nach Hause, und das schaffe ich mit Leichtigkeit.«

Manchmal schafft sie es wirklich und völlig ungekümmert darum, dass sie am nächsten Morgen nicht anfahren kann, weil der Tank leer ist. Und außerdem: Wozu hat sie einen Mann mit Kanister?

Ein- oder zweimal im Monat entfernt sich unser Haus, wenn der Zeiger den roten Distrikt betritt, bis auf 10 km vom Standort des Wagens. Dann steht die beste Ehefrau von allen vor der Alternative, entweder zu tanken oder eine Abkürzung zu nehmen. Tanken kommt, wie man weiß, nicht infrage. Also abkürzen. Aber wie kürzt man ab? Noch dazu mit angezogener Handbremse?

Natürlich besitzt der Wagen ein kleines rotes Warnsignal, das wie verrückt zu blinken beginnt, wenn die Handbremse angezogen ist. Aber meine Frau muss zuerst feststellen, ob noch genug Benzin im Tank ist, und kann doch nicht gleichzeitig auf das Warnlicht und auf den Benzinanzeiger achten. Entweder – oder.

Einmal, nach einer besonders anstrengenden »Mann-mit-Kanister«-Episode, fuhr ich den Wagen heimlich zu Mike dem Mechaniker und fragte ihn, ob er nicht ein zusätzliches Warnsignal einbauen könnte, etwas, das bei

angezogener Handbremse laut zu ticken beginnt oder eine Sirene auslösen würde oder eine kleine Explosion.

Das hätte man ihn schon oft gefragt, sagte Mike. Einer seiner Kunden wollte sogar ein System von entsicherten Drähten installiert haben, das im Bedarfsfall elektrische Schläge austeilt.

Da ich das für übertrieben hielt, entschieden wir uns für eine musikalische Lösung. Dank einer sinnreichen Leitung vom Gaspedal zu einer Musikkassette wird in Hinkunft, wenn meine Frau mit angezogener Handbremse startet, der Toreromarsch aus »Carmen« ertönen.

Sollte einer meiner geneigten Leser demnächst auf einer der Hauptstraßen von Tel Aviv mitten im Stoßverkehr einen Wagen mit rauchenden Pneus stehen sehen, aus dem Bizets mitreißende Melodien erklingen, dann möge er getrost sein. Der Mann mit dem Kanister ist nicht weit.

So viel über die Transportlage. Dieses Problem ist weit verbreitet und wird nie gelöst werden können, solange man nicht einen Chauffeur engagiert. Die Sache ist nur die, dass in einem Land wie dem unseren, wo die Inflation auch dem schnellsten Sportwagen davongaloppiert, sich kein Mensch einen Privatchauffeur leisten kann. Die einzige mir bekannte Ausnahme ist ein prosperierender Werbefachmann in Tel Aviv. Und sogar über ihn sagt die Fama, dass er sich selbst jeden Morgen die goldbetresste Chauffeursuniform anzieht, um auf diese ungewöhnliche Weise seine Klienten zu beeindrucken.

Die wesentliche Quelle für Konfliktstoffe in unserem Haus hat aber nichts mit Autos zu tun, obwohl auch sie von der Energiekrise herrührt, wie heutzutage so ziemlich alles.

Wovon ich spreche?

Ich spreche von der beklagenswerten Gewohnheit der besten Ehefrau von allen, niemals und unter keinen Umständen einen Lichtschalter in unserem Haus abzudrehen.

Manche Leute, so der Briefträger, mögen unser Domizil die Kishon-Villa nennen, aber in Wahrheit sollte es als »Haus der tausend Lichter« in die Geschichte unseres Wohnviertels eingehen. In den vielen Jahren unserer Marathonehe ist es mir selbstverständlich geworden, Licht in jedem Raum vorzufinden, den die beste Ehefrau von allen auch nur flüchtig durchschritten hat. Sie dreht die Lichter auch bei strahlendem Sonnenschein an. Sie tut das ganz automatisch. Sie dreht das Licht auf, wenn sie kommt, und lässt es brennen, wenn sie geht. Manchmal habe ich das Gefühl, dass unsere Lichtschalter beginnen sich ganz von selbst durch Telekinese zu bewegen, ohne dass die beste Ehefrau von allen sie jemals berühren müsste. Und es wird Licht, sobald sie eintritt. Vielleicht hat diese technologische Solidarität auch ihren Vorteil: Taxifahrer haben noch nie Schwierigkeiten gehabt unsere Adresse zu finden. Sie müssen nur schnurstracks zu dem lokalen »Palais de la lumière« fahren.

Natürlich nehme ich das nicht widerspruchslos hin. Der Kampf zwischen den Töchtern des Lichtes und den

Söhnen der Finsternis war mir Anlass zu oftmaliger Kontemplation. Manchmal fragte ich mich, ob dieser tief verwurzelte Komplex meiner Frau nicht vielleicht ein Trauma wäre, ein Überbleibsel aus der Zeit, da wir noch bei der Untermieter-Hexe wohnten und unter dem Terror des Stromzählers standen. Vielleicht ist dies der Versuch meiner Frau der schwarzen Magie mittels eines Lichtschalters beizukommen?

Ein anderer Grund für die Lichtgier meiner Besten mag vielleicht in jenen segensreichen Tagen zu suchen sein, da wir in den Genuss von nahe zu kostenlosem Strom kamen. Die Sache begann vor etwa einem Dutzend Jahren, als ein neuer Mieter neben uns einzog. Sein Name war zufällig Schechtermann, und eines Tages klopfte er an unsere Tür.

»Ich komme«, sagte Schechtermann »um elektrischen Strom anzubieten.«

»Was für elektrischen Strom?«

»Privaten.«

Es stellte sich heraus, dass unser Nachbar die niedrigste Stromrechnung aller Zeiten hatte. Während in unserer Nachbarschaft jeder zwischen 70 und 80 Pfund monatlich zu zahlen hatte, belief sich die Rechnung von Herrn Schechtermann auf etwa 1,20 Pfund.

Wieso?

»Ich habe einen faulen Stromzähler«, erklärte Herr Schechtermann mit niedergeschlagenen Augen, »er rührt sich nicht.«

Zuerst, so berichtete er, dachte er kurz daran, das E-Werk zu benachrichtigen. Doch dann besann er sich

eines Besseren und kaufte zwei riesige Waschmaschinen sowie etliche elektrische Öfen und ersetzte alle Lampen seiner Wohnung durch Scheinwerfer. Darauf kletterte seine Stromrechnung auf 1,40 Pfund.

»Kurz gesagt«, informierte uns Schechtermann mit vorsichtig gedämpfter Stimme, »ich habe Überschussenergie an der Hand. Ich bin bereit unsere Nachbarschaft mit billigem Strom zu versorgen.«

Das schien uns ein faires Angebot zu sein. Angesichts ihrer Schwäche in Sachen Licht war die beste Ehefrau von allen an dieser Transaktion besonders interessiert.

»Schechtermann«, fragte meine praktische Frau, »was kostet bei Ihnen ein Kilowatt?«

»Ich installiere keinen Stromzähler«, erklärte unser Nachbar. »Der Verbrauch wird nach der Anzahl der Räume bemessen. Ich versende meine Rechnungen am Ende jeden zweiten Monats.«

So kamen wir für eine segensreiche Periode in den Genuss preiswerten Stromes dank eines Kabels, das von Schechtermann direkt in unsere Küche führte. Es muss hier festgestellt werden, dass ich in dieser paradiesischen Zeit meine Frau wegen ihrer Affinität zu Lichtschaltern nicht ein einziges Mal zurechtgewiesen habe. Aber wie alle schönen Dinge im Leben, ging auch Schechtermanns Kraftstation den Weg allen Fleisches, als irgendein missgünstiger Techniker vom städtischen E-Werk daherkam und den wundersamen Stromzähler ohne ersichtlichen Grund gegen einen anderen austauschte.

Seither leiden wir unter der Energiekrise wie jeder

andere. Umso mehr, als der Ölpreis die Schallmauer durchstieß und die Inflation in unserem Land sich auf 130 Prozent im Schatten beläuft. Ich brauche nicht zu beschreiben, dass wir unter diesem Elektroschock zu leiden haben. Seine unseligen Folgen werden nun im folgenden Kapitel geschildert. Es enthüllt auch das verblüffende Improvisationstalent der besten Ehefrau von allen. Mag sein, dass es auch etwas von ihrem angeborenen Talent für subtile Gemeinheit enthüllen wird, aber ohne diese boshafte Ader kann man die wirtschaftlichen Umwälzungen unserer Zeit nicht mehr überleben.

Ich komme also zum Essen nach Hause, und die beste Ehefrau von allen empfängt mich mit grimmigem Gesicht.

»Eben haben wir die Stromrechnung bekommen«, verkündete sie, »sie beläuft sich auf 9293 Pfund, und das alles wegen deinem idiotischen Schachcomputer.«

»So?«, erwiderte ich höhnisch. »Und wer schläft jeden Abend bei angedrehtem Radio ein und lässt, verdammt noch mal, alle Lichter brennen?«

Meine Frau schlug vor, von etwas anderem zu reden, solange wir die Dinge noch unter Kontrolle hatten, und verlegte sich auf die Kinder, die den ganzen Tag den gottverfluchten Plattenspieler laufen ließen. Ich prüfte die Mammutrechnung von hinten und vorn und fand heraus, dass das israelische Elektrizitätswerk die Stirn hatte, 9293 Pfund für die Monate Dezember und Januar zu fordern, zahlbar binnen einer Woche oder ...

»Das ist glatte Ausbeutung«, kommentierte die beste Ehefrau von allen.

Während ich nachdachte, was sonst noch zu diesem Thema zu sagen wäre, begann das Telefon zu läuten, und Herr Geiger von nebenan stöhnte durch den Hörer: »Sie wollen von mir 13 712 Pfund …«

Als Nächstes erschien Frau Blum, um die Stromrechnungen zu vergleichen. Ihre Rechnung, die sie mit beängstigendem Gekicher unter unsere Nasen hielt, belief sich auf 11 691 Pfund.

»Also gut«, sagte ich zu meiner Frau, »dann muss ich eben zum Anwalt gehen.«

Ich fand ihn in seinem Büro. Er starrte eben auf eine Stromrechnung in Höhe von 16 310 Pfund. »Scheiße«, knurrte er leise vor sich hin. »Eine Schätzung nennen die das, basierend auf dem Durchschnittsverbrauch, der Teufel soll sie holen.«

Es stellte sich heraus, dass das E-Werk die herkömmliche Methode, den Stromverbrauch vom Zähler abzulesen, aufgegeben hatte. Sie orientierten sich jetzt an einem »Verbraucherkorb«, berechnet nach der weltweiten Energiekrise, dem Goldpreis in Hongkong und den Straßenkämpfen in Kabul.

»Also«, fragte ich meinen Anwalt, »was soll ich tun?«

»Zahlen Sie nicht durch die Bank«, riet er mir. »Schicken Sie einen Verrechnungsscheck mit der Post. Bis der eintrifft, haben Sie von der Inflationsrate von vier Tagen profitiert.«

Ich begab mich nach Hause, kochend wie ein elektrischer Samowar. »Das werden sie mir teuer bezahlen«,

schwor ich mir mit etwas zweifelhafter Logik. »Zum Henker mit dem E-Werk und dazu gleich mit der Regierung und Mister James Watt und dem ganzen Mist …«

»Hallo, warten Sie einen Moment!«

Mein Nachbar Felix Selig lief hinter mir her. Er hatte immer schon einen untrüglichen Instinkt dafür, mich in Gespräche zu verwickeln, wenn ich nicht gestört sein wollte. Jetzt kam er mit mir nach Hause.

»Wie hoch«, stöhnte er und wandte sich an die beste Ehefrau von allen, »wie hoch ist Ihre Rechnung?«

Meine Frau überblickte sofort die Situation.

»Wie hoch«, entgegnete sie, »wie hoch soll sie schon sein? Dreihundert Pfund und ein paar Piaster, wie immer!«

Ich weiß nicht, warum sie das getan hat. An sich ist er kein übler Bursche, dieser Felix. Einmal hat er sogar meiner Frau einen Reifen gewechselt. Aber jetzt war die beste Ehefrau von allen von dem inneren Drang besessen, sich an irgendjemand schadlos zu halten, egal wer es auch sei.

Wie gesagt, wenn meine Frau will, kann sie recht tückisch sein.

Ich auch.

»Was ist denn los?«, fragte ich Felix. »Was ist geschehen, mein Freund?«

Felix zeigte mir seine Rechnung, die aus allen Nähten platzte. Man wollte von ihm siebzehntausendachthunderteinundachtzig Pfund und fünfundsiebzig Piaster.

Die beste Ehefrau von allen betrachtete die Summe

mit äußerst erstauntem Gesicht. Madame de Sade in Hochform. Unser armer Nachbar stand ratlos daneben, ein Bild des Jammers.

»Ich verstehe das nicht«, hauchte er. »Wir haben doch schon alle unsere Glühbirnen ausgetauscht. Die stärkste hat 40 Watt.«

»Was«, fragte meine Beste, »Sie beleuchten Ihr Haus immer noch mit elektrischem Strom? Kein Wunder, dass Sie so eine Rechnung bekommen. Wir«, flötete sie, »sind schon vor Monaten auf Kerzen übergegangen. Bei Petschik bekommt man ein Dutzend zu fünfzehn Pfund, und das reicht für eine ganze Woche. Wir haben zwei in jedem Schlafzimmer, drei im Wohnzimmer und eine auf dem Klo.«

»Es würde mich nicht überraschen«, fügte ich hinzu, die Lage überschauend, »wenn Sie mir jetzt erzählen, dass Sie immer noch ihre Waschmaschine verwenden.«

Selig schluckte. Wir fühlten eine Welle der schöpferischen Lust in uns aufsteigen.

»Natürlich benützen wir unsere Waschmaschine auch noch«, übertraf meine Frau sich selbst, »aber nur freitagabends. Dann drehen wir sie mit der Hand. Was das Bügeln betrifft, so spritzen wir nur etwas Wasser auf die Wäsche und setzen uns drauf. Was sonst soll man tun? Heißes Wasser verwenden wir nur noch zum Kopfwaschen. Zwei Wochenendbeilagen, ein Streichholz, und schon knistert ein fröhliches Feuerchen im Zimmer, ein Wassertopf darauf und das wär's.«

Felix, dieser Verschwender, war kurz vor dem Zusammenbruch. Aber uns konnte nichts mehr zurückhalten.

Mit gottesfürchtigem Augenaufschlag eröffnete ich ihm, dass wir das Radio nur noch zur Bibelstunde aufdrehen und den Fernsehapparat schon längst eingemottet haben. Mein Schwager ruft nun täglich um neun Uhr abends an und erzählt die Nachrichten übers Telefon. Felix blieb sprachlos. Die beste Ehefrau von allen blickte hastig nach der Uhr.

»Oh, meine Güte«, rief sie aus, »du musst dich beeilen, Ephraim, sonst macht man dir die Eisfabrik in Jaffa vor der Nase zu. Wir haben den Kühlschrank nämlich auf Eis umgestellt«, erklärte sie Felix. »Jeden zweiten Tag einen halben Eisblock, und er bleibt kalt. Wer braucht überhaupt noch elektrischen Strom?«

»Eine Minute«, raffte sich Selig zu einem letzten Widerspruch auf, »und was kostet der Treibstoff nach Jaffa und zurück?«

»Nichts«, sagte ich. »Ich gehe natürlich zu Fuß.«

Schweigen.

»Dann erklären Sie mir bitte«, flüsterte der Verschwender, »wofür zahlen Sie noch dreihundert Pfund?«

»Mein Mann benützt einen elektrischen Bleistiftspitzer«, gestand die beste Ehefrau von allen schamhaft. »Aber er hat mir versprochen, dass er sich ab morgen auf Kugelschreiber umstellt.«

Schweigend schüttelten wir uns die Hände und Felix schwankte nach Hause.

Leicht beschwingt unterschrieb ich einen Scheck über 9293 Pfund fürs E-Werk. Dann traten wir ans Fenster und beobachteten Seligs Haus gegenüber. Nach und nach sahen wir alle Lichter ausgehen, und dann betrach-

teten wir wohlgefällig das flackernde Kerzenlicht in seinem Wohnraum.

»Glühwürmchen«, sagte ich zu der besten Ehefrau von allen, »unser armer Nachbar scheint ein Opfer der Energiekrise geworden zu sein.«

Wie Sie sehen, können wir auch im Teamwork bestehen, meine Frau und ich. Der einzige Fall, wo keine wie immer geartete Zusammenarbeit zwischen uns denkbar ist, betrifft die zweitgrößte Schwäche meiner Besten: ihre Neigung sich umzudrehen.

Was ich darunter verstehe, wird im garantiert letzten Selbstplagiat diesen Buches erläutert.

Wenn wir, die beste Ehefrau von allen und ich, in einem öffentlichen Lokal sitzen – im Kaffeehaus, im Stadion, im Theater – und wenn hinter uns jemand herannaht, den ich nicht zu sehen wünsche, brauche ich meiner Frau nur ins Ohr zu flüstern:

»Die Seligs kommen. Dreh dich nicht um!« – und schon hat sie sich umgedreht. Im selben Augenblick, ohne auch nur eine Sekunde zu zögern, und möglichst auffallend. Sie starrt die Seligs, die sich angeblich in Scheidung befinden, unverwandt an, während ich vor Scham in den Boden versinken möchte. Die Seligs ihrerseits kehren uns indigniert den Rücken und entziehen uns ihre letzten Sympathien.

Oft und oft habe ich nach solchen Zwischenfällen meine Frau angefleht, sich nicht so hemmungslos gehen zu lassen, habe ihr geduldig erklärt, dass der Mensch,

einschließlich der Frau, sich beherrschen müsse, dass Neugier der Urgrund allen Übels sei und Disziplin die höchste aller Tugenden – es hilft nichts. Warum ich denn überhaupt so viel Worte mache, will sie wissen. Die Seligs hätten ihren Blick ja gar nicht bemerkt, und ich bilde mir das alles nur ein.

Überflüssig zu sagen, dass die Seligs ihren Blick sehr wohl bemerkt haben. Er vielleicht nicht, aber seine Frau ganz bestimmt. Wahrscheinlich hatte er sie bei unserem Anblick gebeten sich nicht nach uns umzudrehen.

Manchmal versuche ich der Katastrophe zuvorzukommen und beschwöre meine Frau gleich beim Eintritt in das betreffende Lokal, sich nach niemandem umzudrehen und niemanden anzustarren, unter gar keinen Umständen, du musst dich zurückhalten, ich bitte dich inständigst …

Und noch während ich spreche, dreht sie sich um und starrt an.

Selbst die raffiniertesten Tricks, auf die ich gelegentlich verfalle, bleiben erfolglos. »Nicht hinschauen!«, zische ich und schaue angestrengt nach rechts, als käme Ziegler, der mir 2000 Pfund schuldig ist, aus dieser Richtung, obwohl er in Wahrheit von links kommt. Infolgedessen dreht sich meine Frau nach links und Ziegler weiß, dass ich ihr gerade von seiner Schuld erzählt habe. Das ist mir sehr unangenehm.

Der Psychiater, mit dem ich mich beriet, brachte mir volles Verständnis entgegen.

»Auch meine Frau leidet an der Drehkrankheit«, ge-

stand er. »Es scheint sich hier um eine archetypische Erbschaft aus dem Paradies zu handeln, um den unwiderstehlichen Zwang, ein von höherer Stelle erlassenes Verbot zu durchbrechen. Denken Sie nur an den Apfel. Oder an Lots Weib. Aber ich kann Ihnen einen guten Rat geben: Statt Ihrer Frau das Umdrehen zu verbieten, sollten Sie sie ausdrücklich dazu auffordern!«

Das leuchtete mir ein. Im Café California wandte ich diese Methode erstmals an. Kaum hatte der in eine Aufsehen erregende Betrugsaffäre verwickelte Dr. Bar-Honig das Lokal betreten, sah ich meine Frau an und raunte ihr zu:

»Rasch, schau zur Tür hin. Eben ist Bar-Honig gekommen!«

Und meine Frau, die beste Ehefrau von allen, sah folgsam zur Tür hin und starrte Bar-Honig an.

»Hör zu, Liebling«, fauchte ich sie in kaltem Zorn an, »könntest du diese peinliche Angewohnheit nicht ablegen?«

»Können kann ich«, sagte die beste Ehefrau von allen, »aber wollen will ich nicht.«

»Warum?«

»Weil du nie zu Tisch kommst.«

Zugegeben, das ist fraglos eine weitere dicke Fliege in der Suppe unserer sonst glücklichen Ehe, diese ärgerliche Rücksichtslosigkeit von mir, nicht sofort zu Tisch zu kommen, wenn meine Frau verkündet, dass das Essen serviert ist. Ich schwöre, dass ich nicht weiß, warum ich ihr das antue, und schon gar nicht weiß ich, warum ich

ihr das immer wieder antue. Vielleicht ist es ein unbewusster Protest gegen ihre selbstherrliche Art, die Essenszeit zu bestimmen, ohne mich vorher zu konsultieren. Vielleicht haben auch ihre Kochkünste etwas nachgelassen. Vielleicht findet sich auch hier ein unerwarteter historischer Einfluss, wenn wir der folgenden symbolischen Geschichte glauben dürfen. Es ist eine ziemlich perfide Utopie über die letzten Tage des Kaisers Napoleon. Obwohl sie genauso gut auch von meinem Waterloo am Familientisch handeln könnte.

Aber jetzt zu unserem Spaziergang ins vorige Jahrhundert.

Die Sonne ging über den Schlachtfeldern auf. Im Sitzungssaal seines Landschlösschens stand der Kaiser, umgeben von seinen Marschällen und Generälen, am Tisch mit der großen Landkarte, um die letzten Anordnungen für den entscheidenden Zusammenstoß mit Europas Monarchen zu treffen. Sein Selbstbewusstsein und sein strategisches Genie hatten unter dem Exil auf Elba in keiner Weise gelitten. Nur sein Haar war ein wenig schütter geworden und zeigte an den Schläfen die ersten silbrigen Strähnen.

Aus der Ferne wurde vereinzeltes Geschützfeuer hörbar: Blüchers Armee marschierte vom Norden her gegen Waterloo. Man glaubte zu spüren, wie die Welt den Atem anhielt.

»Napoleon! Dein Frühstück ist fertig!«

In der Tür erschien Sarah, Napoleons dritte Ehefrau und die Beste von allen, ihre Frisur von einem hinten

zusammengeknoteten Kopftuch geschützt, in der Hand einen Staublappen.

Der Kaiser hatte sie auf Elba geheiratet. Wie es hieß, entstammte sie einer der besten jüdischen Familien der Insel.

»Das Frühstück wird kalt, Napoleon!«, rief die Kaiserin. »Komm zu Tisch! Deine Freunde hier werden nicht weglaufen. Ach Gott, ach Gott ...« Und während sie sich mit dem Staublappen an einigen Möbelstücken zu schaffen machte, wandte sie sich an den respektvoll schweigenden Generalstab: »Jeden Tag die gleiche Geschichte. Ich frage ihn: Napoleon, willst du essen oder willst du nicht essen, sag Ja oder Nein, er sagt ja, ich mach das Essen, und kaum ist es fertig, hat er plötzlich irgendetwas zu tun, stundenlang lässt er mich warten, ich muss das Essen immer von neuem aufwärmen, erst gestern hat uns das Mädchen gekündigt, und jetzt steh ich da, ganz allein mit dem Buben ... Napoleon! Hörst du nicht? Das Frühstück ist fertig!«

»Einen Augenblick«, murmelte der Kaiser und zeichnete auf dem Schlachtplan eine Linie ein. »Nur einen Augenblick noch.«

Der Kanonendonner wurde lauter. Die Artillerie des Herzogs von Wellington begann sich einzuschießen. Marschall Ney sah besorgt nach der Uhr.

»Ich kann mich kaum auf den Füßen halten«, jammerte Sarah. »Überall in der Wohnung lässt du deine Kleidungsstücke herumliegen, und ich hab das Vergnügen, sie einzusammeln und in den Schrank zu hängen. Wie soll ich das alles bewältigen? Und steck nicht immer die

Hand zwischen die zwei oberen Brustknöpfe, hundertmal hab ich dir gesagt, dass der Rock davon einen hässlichen Wulst bekommt, der sich nicht mehr ausbügeln lässt … Wirklich, meine Herren, Sie haben keine Ahnung, wie viel mir die schlechten Gewohnheiten meines Herrn Gemahl zu schaffen machen … Napoleon! Komm endlich frühstücken!«

»Ich komm ja schon«, antwortete der große Korse. »Ich hab nur noch ein paar Worte mit meinen Generälen zu sprechen.« Er nahm Haltung an, seine Gesichtsmuskeln spannten sich. »Blücher und Wellington, daran besteht für mich kein Zweifel, werden ihre Armeen vereinigen wollen. Wir müssen einen Keil zwischen sie treiben.«

»Das Essen ist schon wieder eiskalt!«, kam aus dem Nebenzimmer Sarahs Stimme.

»In einer Stunde greifen wir an«, sagte Napoleon abschließend.

Von draußen klang das Geräusch schwerer, eiliger Schritte. General Cambron, Adjutant des Kaisers, nahm immer drei Marmorstufen auf einmal, so eilig hatte er's.

»O nein! Kommt gar nicht infrage!« Am Treppenabsatz trat ihm Sarah entgegen. »Ziehen Sie zuerst Ihre Stiefel aus! Ich lasse mir von Ihnen nicht das ganze Haus verschmutzen.«

In Strümpfen trat General Cambron zu den anderen bestrumpften Heerführern.

»Wenn ich eine Hilfe im Haushalt hätte, wär's etwas anderes«, erläuterte die Kaiserin ihre Anordnung. »Aber seit gestern hab ich keine mehr. Herrn Bonaparte inter-

essiert das natürlich nicht. Den interessiert alles, nur nicht sein eigenes Haus. Jetzt bin ich am Wochenende ohne Mädchen und kann mich wegen eurer dummen Schlacht nicht einmal um einen Ersatz kümmern. Wenn Sie vielleicht von einem anständigen Mädchen hören, lassen Sie mich's bitte wissen. Mit Kochkenntnissen. Und sie muss auch auf den Buben aufpassen. Aber keine Korsin, bitte. Die reden zu viel.«

»Gewiss, Majestät.« General Cambron salutierte und übergab dem Kaiser ein zusammengefaltetes Papier.

Napoleon las es und erbleichte:

»Meine Herren, Fouché ist zum Feind übergegangen. Was tun wir jetzt?«

»Jetzt frühstücken wir«, entschied die Kaiserin und ging ins Nebenzimmer voran.

Noch einmal trat Napoleon an den Tisch und fixierte mit dem Zeigefinger einen Punkt auf der Karte:

»Hier wird sich das Schicksal Europas entscheiden. Wenn der Gegenangriff von Südwesten kommt, fangen wir ihn an der Flanke auf. Meine Herren –«

»Napoleon!«, unterbrach Sarahs Stimme. »Willst du Rühr- oder Spiegeleier?«

»Egal.«

»Rühreier?«

»Ja.«

»Dann sag's doch.«

»Meine Herren, vive la France!«, beendete Napoleon den unterbrochenen Satz.

»Vive la France!«, riefen die Marschälle und Generäle. »Vive l'Empereur!«

»Napoleon!«, rief Sarah und steckte den Kopf durch die Türe. »Der Bub will dich sehen!«

»Majestät!«, rief Marschall Murat. »Der Feind nähert sich!«

»Ich, lieber Herr«, fuhr die Kaiserin dazwischen, »ich bin es, die den ganzen Tag mit dem weinenden Bub auskommen muss, ich, nicht Sie. Wollen Sie dem Kaiser vielleicht verbieten, seinem Sohn einen Abschiedskuss zu geben?«

»Wo ist er?«, fragte Napoleon.

»Er macht gerade Pipi.«

Und während der Kaiser sich zum Aiglon begab, stimmte die Kaiserin nochmals ihr Klagelied an:

»Ich hab kein Mädchen. Ich muss alles allein machen. Drei Stockwerke. Wie oft, meine Herren, hab ich Sie schon gebeten, keine Asche auf den Teppich zu streuen?«

Im Hintergrund erschien Napoleon und strebte mit hastigen Schritten dem Ausgang zu.

»Was soll ich sagen, wenn jemand nach dir fragt?«, wollte die Kaiserin wissen.

»Sag, dass ich in der Schlacht bei Waterloo bin.«

»Wann kommst du nach Hause?«

»Weiß ich nicht.«

»Hoffentlich rechtzeitig zum Mittagessen. Was möchtest du haben?«

»Egal.«

»Gestopften Gänsehals?«

»Ja.«

»Dann sag's doch«, rief sie ihm nach. »Und komm nicht zu spät zum Essen, Ephraim!«

Der Kaiser hatte sein Pferd bestiegen. An der Spitze seiner Heerführer nahm er den Weg durch die eng gewundene Schlucht, die in Richtung Waterloo führte.

Sarah nahm Besen und Schaufel, um die Halle vom Straßenschmutz zu säubern, der von den Stiefeln der Militärs zurückgeblieben war. Sie musste alles allein machen, denn sie hatte kein Mädchen.

Durch das offene Fenster konnte man jetzt schon das Mündungsfeuer der Geschütze sehen. Blücher und Wellington setzten zu ihrem erfolgreichen Umklammerungsmanöver an.

Die Geschichte weiß zu berichten, dass die beiden siegreichen Feldherren ihre Ehefrauen weit, weit hinter sich gelassen hatten.

Reden wir nicht mehr von verlorenen Schlachten der Vergangenheit.

Die beste Ehefrau von allen war ohnehin wegen dieses historischen Berichts zutiefst beleidigt. Nachdem sie ihn gelesen hatte, drückte sie abrupt ihre Zigarette aus, was bei ihr immer das Zeichen eines drohenden Ungewitters ist.

»Du bist deiner zu sicher«, ihre Stimme war kalt wie Suppe, die zu lange auf dem Tisch gestanden hatte. »Ich hoffe, du bist dir darüber im Klaren, dass es keinen Ehemann gibt, der nicht jederzeit durch einen anderen ersetzt werden kann. Ich bin sicher, dass es auch für dich eine Alternative geben muss, mein Lieber, und es könnte sein, dass ich bald einen viel besseren Mann mein Eigen nenne als dich, mein Schatz.«

Ich lachte überlegen in mich hinein. Ich weiß, dass sie verrückt nach mir ist. Und so ging ich guten Mutes, ein Liedchen vor mich hin pfeifend, zu Bett.

Und dann passierte es.

Ich lag im Bett, ohne Böses zu träumen, geschweige denn zu tun, ich öffnete die Augen und sah den Kerl vor mir stehen. Groß gewachsen, gut aussehend, bebrillt, und irgendwie kam er mir bekannt vor.

»Guten Morgen«, sagte er, »ich bin der Alternativ-Kishon.«

Er war durch und durch mein Duplikat. Natürlich wirkte ich um einiges intellektueller, aber das war auch schon der einzige Unterschied, der mir auffiel.

Ich weckte meine Frau und sagte ihr, dass es für mich eine Alternative gäbe.

»Ich weiß«, sagte sie, »er hat mir bereits versprochen den Wasserhahn in der Küche abzudichten.«

Der gelinde Vorwurf in ihrer Stimme war unüberhörbar.

Zugegeben, sie hat mich während der letzten zwei Jahre mindestens einmal pro Woche darum ersucht, aber irgendwie kam mir immer etwas dazwischen. Ein wenig schuldbewusst versprach ich ihr, am nächsten Morgen die Dachantenne zu reparieren, die innerhalb der letzten Monate die Gestalt einer Trauerweide angenommen hatte.

»Ich werde überhaupt alles in Ordnung bringen«, versichere ich ihr. »Kein Mensch braucht hier einen Alternativ-Kishon. Wo ist er überhaupt?«

»Er führt den Hund spazieren.«

Als die beiden zurückkamen, musste ich feststellen, dass mein Double von unserer Franzi nur um ein Geringfügiges weniger freudig angewedelt wurde als ich. Das zum Thema Hundetreue. Ich nahm eine Wurst aus dem Kühlschrank und reichte sie dem Köter. Franzi schnüffelte kurz daran, machte eine Kehrtwendung und eilte schnurstracks in den Garten, um jenes Steak zu verzehren, das – raten Sie wer – für ihn besorgt hatte. Ich band das Biest an einen Baum und stürmte zurück ins Haus.

»So geht das nicht«, brüllte ich die beste Ehefrau an. »Entweder ich oder er! Entscheide dich, und zwar jetzt auf der Stelle!«

»Wozu die Eile?«, fragte mein Weib. »Die Kinder sind verliebt in ihn.«

Kunststück, in ihn verliebt zu sein, wenn er verspricht, ihnen je ein Travolta-T-Shirt zu besorgen, und wenn er bis nach Amerika und zurück gehen muss.

Natürlich versprach ich ihnen sofort je zwei Elton Johns. Ich war gerade dabei, dies schriftlich festzuhalten, da eröffneten mir die lieben Kleinen, dass er ihnen auch je ein Fahrrad versprochen hätte.

Ich fragte ganz beiläufig, ob nicht ein Motorrad statusgemäßer wäre.

Als Nächstes musste ich erfahren, dass er sich zu einem Sportwagen eskaliert hatte.

Die Kinder sind natürlich begeistert von ihm. Mein Sohn Amir brüstete sich vor seinen Freunden:

»Habt ihr schon gehört? Ich hab einen Alternativ-Vater!«

Die Befragung meiner Familienmitglieder bewies einen gefährlichen Trend. Auf die Frage »Bevorzugst du deinen eigenen Vater oder seine Alternative?« stimmten 33 Prozent für mich und 33 Prozent für Alter. Weitere 33 Prozent legten sich nicht fest. Meine Frau verdächtigte Renana, einen weißen Stimmzettel abgegeben zu haben, um den häuslichen Frieden zu bewahren.

Was mich betrifft, so wurde meine Lage langsam unhaltbar. Alter verkündete eines Tages, dass er gedenke, die Wohnung im Frühjahr neu ausmalen zu lassen. Mehr als das, er wollte sogar die kaputte Glühbirne im Keller auswechseln.

Prompt ging ich hin und ölte alle Scharniere im ganzen Haus, egal ob sie quietschten oder nicht. Damit nicht genug, ich mähte auch den Rasen. Und plötzlich hatte ich eine gewisse Scheu, im Pyjama durchs Haus zu gehen.

Nach einer weiteren Woche hatte ich genug und ging zum Rabbi.

»Rabbi«, beschwor ich ihn, »wir sind einander so ähnlich, dass es keinen Unterschied mehr gibt, warum also ein Alternativ-Kishon?«

Der Rabbi erbat sich einige Tage Bedenkzeit, um die einschlägigen Bücher zu konsultieren. Nach zwei Wochen erklärte er:

»Warum nicht?«

Alle sind sie gegen mich. Und was das kostet! Ich werfe das Geld zum Fenster hinaus, als ob es demnächst abgeschafft und verboten würde. Im Kino zum Beispiel kostet es uns einen zusätzlichen Sitz. Nicht genug da-

mit, kauft Alter in der Pause auch Popcorn, was mich wieder dazu zwingt, Krachmandeln zu spendieren …

Langsam werde ich ein Nervenbündel.

Ich beginne mich nach der guten alten Zeit zurückzusehnen, da Alternativen noch nicht in Mode waren.

Andererseits muss ich zugeben, dass auch Alters Leben kein Honiglecken ist. Unabhängig voneinander lesen wir meiner Frau jeden Wunsch von den Augen ab, und dort gibt es viel zu lesen. Wir sind nur noch je ein Schatten unserer selbst. Aber Weib und Kinder blühen und gedeihen wie nie zuvor.

Dienstag wartete ich an der Ecke mit einem Besen auf ihn.

»Einer von uns beiden muss weg«, brüllte ich und – krach! – der Besen ging auf ihn nieder. Der Rest ist Schweigen. Ich weiß nur noch, dass ich dann irgendwann mit einem geschienten Arm im Bett aufwachte, aber wenigstens war ich jetzt der einzige Kishon. Die beste Ehefrau von allen behauptet zwar, dass ich der andere sei, aber darauf kommt's jetzt nicht mehr an.

Wichtig ist nur, dass ich nun wieder im Pyjama durchs Haus gehen kann.

Was ich aus dieser unerwarteten Begegnung mit meiner Alternative gelernt habe, ist die Erkenntnis, dass gelegentlich auch meine Frau davon träumt, zwei Männer im Haus zu haben. Plötzlich hegte ich gewisse Zweifel an den Vorzügen der heiligen Polygamie.

Ephraim, mein Freund, sagte ich mir, du bist in deinem Buch beim Aufstellen gewisser Regeln ziemlich

freizügig, nicht wahr? Du glaubtest bewiesen zu haben, dass Gatte und Gattin sind wie Feuer und Wasser, Hund und Katze, Bremse und Gaspedal, du glaubst, uns ein für alle Mal davon überzeugt zu haben, dass wir schlagartig in der besten aller Welten leben könnten, wenn in Hinkunft nur noch Frauen heiraten würden, und keine Männer. Du hast von den Freuden des Junggesellentums ein so verlockendes Bild gezeichnet, dass den meisten Ehemännern das Wasser im Mund zusammenlief. Dein ganzes Buch ist faktisch nichts anderes als ein Kreuzzug gegen die weit verbreitete Institution der Welt, die Ehe. Freund Ephraim, du bist so sicher, so herablassend und so unfehlbar in Bezug auf alles, was deine Frau betrifft, dass man nicht umhinkann dich zu fragen: Wenn der Fall so kristallklar ist, dann erklär mir doch bitte, warum lebst du seit so vielen Jahren mit der besten Ehefrau von allen unter einem Dach, und warum bist du entschlossen, es möglicherweise weiter zu tun für den gesamten Rest deiner Tage?

Lieber Freund, antwortete ich mir, ich liebe sie eben.

Die köstlichsten Satiren aus jenem Land, in dem alles anders ist als anderswo und doch genauso wie überall!
Der Staat Israel liegt so günstig entlang der Mittelmeerküste, daß man von jedem beliebigen Ort im Landesinneren entweder an den Badestrand oder in arabische Gefangenschaft kommt. Unser Land ist so winzig, daß auf den handelsüblichen Landkarten nur die Buchstaben ›ISR‹ Platz haben.
In seinem neuen Buch erzählt Kishon, der Klassiker unter den zeitgenössischen Humoristen, über den Alltag in ›Trotzdemia‹, jenem einzigen Land, in dem ein Jude bis heute kein Jude ist: Israel. ›Trotzdem‹ steht als humorvolles Lebensmotto über dem Alltag seiner Bewohner aus 90 Nationen, die sich auf diesem winzigen Fleckchen Erde gegenseitig auf die Füße treten. Die mit unerschöpflicher Phantasie und Einfallsreichtum allen Widerständen ein Schnäppchen schlagen. – Eine umwerfend komische Sammlung wunderbarer Geschichten über ein Volk, die Majestätsbeleidigung und Liebeserklärung zugleich ist.

ISBN 3–404–14536–4

BASTEI
LÜBBE

272 Seiten · ISBN 3-7844-2823-1